ALEJANDRO PALOMAS

D'abord traducteur en espagnol des ouvrages de Gertrude Stein, Katherine Mansfield, Willa Cather ou encore Jack London, Alejandro Palomas devient ensuite journaliste et scénariste. Il a été finaliste de nombreux prix littéraires en Espagne. Énorme succès dans ce pays, traduit dans une dizaine de langues, *Une mère* (Le Cherche Midi, 2017) est son premier roman publié en France, suivi de *Tout sur mon chien* (2018). *Le Garçon qui voulait être Mary Poppins* a paru en 2020 chez le même éditeur.

LE PETIT GARÇON QUI VOULAIT ÊTRE MARY POPPINS

DU MÊME AUTEUR
CHEZ POCKET

UNE MÈRE
TOUT SUR MON CHIEN
LE PETIT GARÇON QUI VOULAIT
ÊTRE MARY POPPINS

ALEJANDRO PALOMAS

LE PETIT GARÇON QUI VOULAIT ÊTRE MARY POPPINS

Traduit de l'espagnol par Vanessa Capieu

cherche midi

Titre original :
Un hijo
Éditeur original : La Galera, SAU Editorial, 2016.

ISBN : 978-2-266-30753-6
Dépôt légal : janvier 2021

À Angélica, pour ne pas oublier.

À Rulfo, parce que tu m'apprends chaque jour à mesurer l'éthique à l'aune du cœur.

Le chemin est le même pour tous.
La destination aussi.

LE DÉBUT
DE TOUT

GUILLE

Tout a commencé le jour où Mlle Sonia, la maîtresse, nous a posé une question. Derrière les fenêtres, il y avait un grand soleil jaune qui brillait et les feuilles des palmiers bougeaient comme quand papa a pu se réveiller et qu'il me fait au revoir de la main à la porte de l'école et qu'il a ses gants verts parce qu'on est en hiver.

Mlle Sonia s'est levée de derrière son bureau, qui est celui de la maîtresse puisque c'est le plus grand, et elle a tapé des mains plusieurs fois, ce qui a fait des petits nuages de craie dans l'air. Elle a toussé un peu, aussi. Nazia dit que c'est à cause de la craie, qui fait dans la gorge comme quand on a mangé un sablé et qu'on a la bouche tellement sèche que des fois, si on ne boit pas d'eau, on vomit.

« Bien, et maintenant, avant la récréation, je voudrais que vous répondiez à la question suivante, les enfants », nous a dit la maîtresse.

Puis elle s'est retournée, a pris une craie rouge et a écrit au tableau, en très gros :

Quand je serai grand, je veux être…

On s'est précipités pour lever la main. Tous, même Javier Aguilar, qui n'en a qu'une parce que quand il est né l'autre n'avait pas poussé, alors il lève celle qu'il a, comme ça, en l'air, et l'agite très vite. La maîtresse a fait non de la tête plusieurs fois, peut-être cinq ou même plus.

« Chacun son tour, dans l'ordre. »

C'est la première rangée qui a commencé, et ainsi de suite jusqu'à la dernière, où je suis assis. Mlle Sonia a compté en tout :

Trois footballeurs au Barça, deux à l'Atlético de Madrid, deux à Manchester United et un Iniesta

Six Rafael Nadal

Deux mannequins super grandes et minces

Une princesse (Nazia)

Un médecin riche

Trois Beyoncé

Un Batman

Un pilote de vaisseau spatial de jeu vidéo

Deux présidents du monde (les jumeaux Rosôn)

Une présentatrice célèbre, comme celles qui passent le soir à la télé

Une vétérinaire de gros chiens

Une gagnante de « The Voice Kids »

Un champion du monde des Jeux olympiques

Quand ça a été mon tour, Mateo Narváez a roté et tout le monde a rigolé, mais on s'est calmés tout de suite parce que la maîtresse n'apprécie pas du tout les rots et les pets alors elle a fait sa tête, là, et elle a dit deux fois :

« Chhh, Mateo. » Puis elle m'a regardé : « Guillermo ? »

Nazia m'a donné un coup de coude en gloussant derrière sa main. Elle met toujours la main devant sa bouche quand elle rit parce qu'elle dit qu'au Pakistan, c'est pas bien que les filles rient fort avec la bouche ouverte, et que quand elles le font, leurs parents les grondent.

« Moi, je voudrais être… Mary Poppins », j'ai dit.

La maîtresse a passé sa main sur son cou et j'ai pensé que peut-être elle avait pris froid et qu'elle avait mal à la gorge, mais je n'ai pas eu le temps de lui poser la question parce qu'alors la cloche a sonné et qu'on s'est tous mis à chercher nos goûters dans nos cartables pour aller en récré.

« Tu veux bien rester une minute, Guillermo ? a dit la maîtresse. Les autres, vous pouvez sortir. »

Quand tout le monde a été parti, Mlle Sonia s'est approchée de ma table et s'est assise sur celle d'Arturo Salazar, qui ne vient plus en classe depuis avant Noël, depuis le jour où nous avons fait une sortie pour visiter un musée où il y a plein de planètes et qu'il est tombé dans un escalier et s'est cassé une jambe, cinq dents et deux doigts.

« Alors, comme ça tu voudrais être Mary Poppins quand tu seras grand, Guillermo… »

Je n'ai rien répondu parce que Nazia, qui passe pas mal de ses après-midi assise avec sa mère à la caisse de la supérette et qui sait plein de choses sur les grandes personnes, dit que quand les clients finissent leur phrase comme ça, vers le haut, c'est qu'ils n'ont pas fini de parler et qu'il faut attendre parce qu'ils sont en train de réfléchir.

« Tu ne préférerais pas être… autre chose ? elle a continué, en tripotant le grain de beauté qu'elle a près de la bouche.

— Ben, non. »

Mlle Sonia a fait « pff » par le nez et elle a souri. Alors je me suis aussi rappelé ce que maman m'avait dit : que parfois, quand les gens qui ne sont pas des enfants se taisent, ça ne veut pas dire qu'ils ont fini de parler mais qu'ils s'arrêtent pour ne pas s'étouffer, ou je ne sais plus trop quoi, alors je suis resté silencieux.

« Et dis-moi, Guillermo, elle a fait en soufflant son air par le nez comme le chat de Mme Consuelo, notre concierge avant qu'on déménage dans la maison de maintenant. Pourquoi est-ce que tu voudrais être Mary Poppins ?

— Parce qu'elle sait voler. »

La maîtresse a fait « mmm », puis elle s'est un peu gratté le front.

« Mais les oiseaux aussi savent voler, non ?

— Oui.

— Mais tu n'as pas envie d'être un oiseau, n'est-ce pas ?

— Non.

— Pourquoi ?

— Ben… Parce que si j'étais un oiseau, je ne pourrais pas être Mary Poppins. »

Elle a de nouveau soufflé par le nez et, comme elle ne disait plus rien, on est encore restés tous les deux muets un long moment. Puis elle a tordu la bouche sur le côté, comme papa quelquefois, et elle a toussé.

« Et tu voudrais être Mary Poppins pour quoi d'autre, encore ?

— Ben… Parce qu'elle a un parapluie qui parle et une vieille valise pleine de meubles gratuits… et des pouvoirs comme de faire que les tiroirs se rangent tout seuls… et parce que quand elle ne travaille pas elle vit dans le ciel, et aussi qu'elle nage au fond de l'eau avec les poissons et les poulpes.

— Dans le ciel ?

— Oui. »

Mlle Sonia a fermé les yeux très lentement. Puis elle m'a fait comme ça, dans les cheveux, comme pour me décoiffer.

« Guille, elle a dit. Tu sais que Mary Poppins est… magique, pas vrai ?

— Ben oui.

— Donc elle n'est pas comme nous.

— Oui.

— Ce que je veux dire par là, c'est que Mary Poppins est le personnage d'une histoire, comme Superman, ou comme Harry Potter, ou Matilda, ou… Bob l'Éponge. Ils existent mais en même temps… ils n'existent pas. Tu comprends ?

— Non.

— Ils ne sont pas comme nous parce qu'ils n'existent que dans l'imagination… Ou, ce qui revient au même, on ne peut pas les toucher parce qu'ils sont… inventés.

— Mais Mary Poppins, elle, elle existe.

— Ah oui ?

— Oui. »

Elle m'a regardé et a souri, juste un peu.

« Et elle est où ?

— Là, je ne sais pas, mais elle vit à Londres, parce que là-bas on parle anglais. Moi, je la connais. Au pont du 15 août, maman et papa m'ont emmené la voir là-bas. Elle était dans un théâtre avec ses animaux et elle chantait. Et à la fin, quand tout le monde a été parti, elle nous a fait entrer dans sa chambre et elle m'a raconté des trucs. »

La maîtresse a touché son grain de beauté.

« Mmm, elle a fait. Des trucs comme quoi ?

— Ben… C'est secret… »

Alors il y a eu la sonnerie qui annonce que la moitié de la récré est passée et la maîtresse s'est retournée pour regarder l'heure à la grande horloge au-dessus du tableau.

« Je vois. » Elle a eu l'air de réfléchir, le visage tout sérieux, puis elle s'est levée. « Bon, va vite dans la cour, maintenant, que tu aies le temps de manger ton goûter. »

Pendant que je rangeais mes livres et que je sortais mon sandwich, elle est allée à son bureau, s'est assise et s'est mise à écrire quelque chose dans son cahier, puis je suis sorti de la classe. Nazia m'attendait dans le couloir, près des toilettes. Quand elle m'a vu, elle m'a demandé en me tendant la main :

« Pourquoi tu as mis tout ce temps ?

— Pour rien.

— La maîtresse t'a puni ?

— Non.

— Ah. »

Elle a repoussé un peu son voile rose sur sa tête, a avalé une gorgée de son jus d'orange, puis elle a dit :

« Viens, vite. Je veux te montrer quelque chose. »

SONIA

Tout a commencé le soir où j'ai décidé de passer ce coup de téléphone que je repoussais depuis plusieurs semaines.

« Je voudrais m'entretenir de Guille avec vous, monsieur Antúnez », ai-je dit à l'homme qui m'écoutait à l'autre bout du fil. Après un court silence, il a voulu en savoir plus, mais je me suis contentée de préciser d'un ton doux mais ferme : « Si cela ne vous fait rien, je préférerais en parler avec vous de vive voix, ici, à l'école. »

Nous sommes convenus de nous voir quelques jours plus tard. Quand Manuel Antúnez est arrivé, c'était l'heure de déjeuner des plus petits, et le vacarme en provenance du réfectoire, au rez-de-chaussée, s'entendait depuis le couloir. Je l'attendais dans la salle des professeurs. Après lui avoir serré la main, je l'ai fait passer dans une pièce plus petite que nous réservons aux rendez-vous avec les parents. Manuel Antúnez était un homme jeune et corpulent, dans la trentaine, avec des cheveux sombres, une barbe en broussaille, des yeux noirs en amande, des bras robustes et de grandes mains aux ongles carrés. Une fois assis, il n'y est pas allé par quatre chemins :

« Je vous écoute. »

J'ai décidé d'être aussi directe que lui.

« Eh bien voilà, ai-je commencé. Je vous ai appelé parce que je suis un peu inquiète à propos de votre fils. »

Il n'a pas eu l'air étonné. De toute façon, tous les parents savent parfaitement que si nous demandons à les voir, c'est que quelque chose ne va pas. Alors, quand ils arrivent, ils sont généralement tendus et sur la défensive, certains même franchement angoissés. D'après ce que j'avais pu lire sur la fiche de Guille, Manuel Antúnez était mécanicien dans l'aéronautique. La fiche stipulait aussi, entre parenthèses : « Au chômage depuis peu. » Dans ses yeux, j'ai cru lire un certain abattement.

Sans lui laisser le temps de réagir, j'ai poursuivi :

« J'ai pensé que vous pourriez peut-être m'aider à… élucider certaines choses chez Guille. »

Il a haussé un sourcil.

« Élucider ? » a-t-il répété, un peu surpris. Puis il a eu un petit rire sec qui n'a pas réussi à masquer cette nervosité si typique de nombreux parents quand je les reçois en cours d'année. « Mince, a-t-il continué en se caressant la barbe, on se croirait en pleine enquête policière ou dans une série américaine. »

Le voyant mal à l'aise, j'ai essayé de détendre l'atmosphère.

« Ce que je voulais dire, c'est que vous pourriez peut-être m'aider à mieux comprendre Guille. »

Il a hoché la tête, en baissant les yeux un quart de seconde. Je lui ai souri, ce qui a semblé le rassurer puisqu'il m'a imitée, quoique timidement.

J'ai immédiatement reconnu le sourire de Guille. Le regard, en revanche, était très différent. Dans celui de Manuel Antúnez flottait comme une tristesse, absente chez son fils. Ou peut-être était-ce de la mélancolie.

« D'accord, a-t-il fait en passant de nouveau sa main sur son menton. Vous pouvez compter sur moi. »

J'ai pris une grande inspiration avant de reprendre :

« Avant tout, il faut que vous sachiez que Guille est un enfant très agréable, qui ne pose aucun problème. Au contraire : son comportement est exemplaire. Il ne présente aucun déficit d'attention, il participe beaucoup en classe, il est optimiste, enthousiaste et possède des valeurs solides qui peuvent apporter beaucoup au groupe. »

M. Antúnez a penché la tête et a poussé un soupir, mais il n'a rien dit. J'ai attendu. Enfin, il a semblé réagir.

« Oui, Guille est un enfant… particulier.

— Vous l'avez dit, ai-je corroboré. C'est bien le mot : particulier. »

J'ai pu voir son front se plisser et son visage se crisper. De nouveau, quelque chose dans son regard m'a alertée. J'ai tout de suite senti que son « particulier » et le mien n'étaient pas les mêmes. Non, ils n'avaient rien à voir.

« Ne vous faites pas de bile, a-t-il repris avec une moue d'agacement. Je sais déjà ce que vous allez me dire : que c'est un enfant très sensible, qu'il ne joue qu'avec les filles, et qu'au lieu de s'intéresser au foot ou au basket, comme tous les garçons de son âge, il passe ses récrés à lire des contes de fées et toutes ces idioties. »

Je me suis raidie. Le ton de sa voix ne me plaisait pas. Le message non plus.

« Je vous arrête tout de suite, a-t-il continué de ce même ton désagréable, en levant une main, paume tournée vers moi. On nous avait déjà prévenus dans son ancienne école. Et aussi que les autres élèves commençaient à le mettre à l'écart, quand ils ne se moquaient pas de lui. » Il m'a lancé un regard plein de défi. Puis une ombre a voilé ses yeux. « Tout ça, c'est à cause de sa mère. Depuis tout petit, Guille a toujours été trop fourré dans ses jupes, et, enfin… c'est de là que lui vient son côté “particulier”, comme vous dites. »

J'ai voulu l'interrompre mais il ne m'en a pas laissé l'occasion.

« Mais c'est provisoire. Maintenant qu'on est tous les deux seuls, on s'est mis à passer plus de temps ensemble, à partager plus de choses. D'homme à homme, vous voyez… Alors, si vous m'avez appelé pour me dire que Guille est un peu… bizarre, pas la peine de vous fatiguer : personne ne le sait mieux que moi et je suis en train de m'en occuper, justement. »

J'ai dû avaler ma salive pour contenir mon irritation. Je ne m'attendais pas du tout à ce cas de figure. Manuel Antúnez était très loin de l'image que je m'étais faite du père d'un enfant tel que Guillermo. En quelques minutes, la surprise avait laissé place à la stupéfaction. Et la stupéfaction commençait à tourner à l'énervement.

« Je suis vraiment navrée de vous entendre parler ainsi de Guillermo, monsieur Antúnez, ai-je dit en essayant de me maîtriser, d'autant que cela n'a rien à voir avec le motif de mon appel. » Il a haussé un sourcil étonné. « Sincèrement, si vous pensez que je vous ai fait venir pour porter un jugement sur votre fils, ou pour le dénigrer, j'ai le regret de vous dire que vous vous trompez. »

Manuel Antúnez s'est penché en avant sur son siège. Sa main se promenait lentement sur sa barbe. De nouveau, une ombre de tristesse avait affleuré dans ses yeux. L'espace d'un instant, son visage s'est même assombri complètement. En le voyant ainsi, j'ai soudain compris que je m'étais fourvoyée en croyant pouvoir attendre de lui une coopération qui manifestement ne viendrait pas, de sorte que j'ai changé de stratégie et j'ai fait quelque chose que je déteste.

J'ai menti.

« Monsieur Antúnez, cette conversation n'est qu'un entretien de routine. Guille est nouveau dans notre établissement et nous avons pour habitude de suivre de plus près les élèves qui viennent d'arriver.

— Ah, a-t-il fait, en hochant lentement la tête.

— Je suis consciente qu'il s'est passé à peine plus de deux mois depuis la rentrée et que les enfants, surtout à cet âge, réagissent de façons très différentes à un changement d'école. Si nous ajoutons à cela l'absence de sa mère, on peut comprendre que le processus puisse s'avérer plus… complexe. »

Il n'a pas pipé mot.

« Les séparations parentales, surtout à l'âge de Guille, peuvent être très difficiles, ai-je ajouté avec un sourire professionnel.

— En fait… ce n'est pas une séparation à proprement parler », a-t-il bondi en levant brusquement la main, comme pour m'intimer l'ordre de me taire. Il était de nouveau crispé, sur la défensive. Puis, comme s'il se rendait compte de sa réaction trop vive, il a cherché à rectifier le tir : « Dans notre cas, c'est pour raisons professionnelles. Amanda, ma femme, est hôtesse de l'air, et, enfin… la situation étant ce qu'elle est, elle était au chômage depuis un an et, en août, elle a eu une proposition dans une compagnie de jets privés à Dubaï. On n'a pas vraiment eu le choix, en fait. Vu le panorama actuel, et alors que moi-même je m'étais retrouvé à la rue… Vous pouvez imaginer. » Et sans me laisser le temps de poser aucune question, il a repris : « Mais c'est temporaire. Pour l'instant, ce n'est que pour six mois. »

Nous nous sommes dévisagés quelques secondes. Voyant que le silence se prolongeait et qu'il ne semblait pas disposé à en dire plus, j'ai repris, d'un ton conciliant :

« Je comprends. Malheureusement, nous avons de plus en plus de cas de ce genre. » Il a baissé les yeux une seconde. « Ne vous méprenez pas, monsieur Antúnez. Je voulais simplement signaler que Guille a eu à assimiler deux changements majeurs et très soudains, et que quelques petites choses dans son comportement au quotidien ont attiré mon attention, rien de plus. Voilà pourquoi j'ai pensé… comment dire… à un suivi plus poussé, étant donné que l'école en offre la possibilité.

— Un… suivi ? »

J'ai inspiré profondément avant de planter mes yeux dans les siens.

« Oui. Je pense qu'il serait bon que Guille ait un entretien avec la conseillère d'orientation de l'établissement.

— La conseillère d'orientation ?

— C'est ce que j'ai dit, oui. »

Il a baissé les yeux et ses poings se sont crispés sur la table. J'ai cru apercevoir un tatouage sur son poignet, comme une inscription qui se perdait sous la manche de sa chemise. J'ai deviné ce qui allait suivre et je me suis préparée à l'entendre.

« Écoutez mademoiselle, ne le prenez pas mal, mais mon fils n'a aucun besoin d'être orienté, a-t-il fait en levant de nouveau les yeux sur moi. » Puis, comme pour lui-même, il a murmuré entre ses dents : « Mon fils, ce dont il a besoin, c'est sa mère. »

J'ai su alors que je ne m'étais pas trompée en le convoquant et j'ai su aussi que je ne le laisserais pas quitter mon bureau sans qu'il m'ait donné son accord pour que Guille rencontre María, notre psychologue scolaire.

J'ai donc décidé de passer à la vitesse supérieure et de recourir à mon plan B.

« Monsieur Antúnez, je pense qu'il y a certaines choses dont vous aimeriez avoir connaissance », ai-je déclaré.

Il m'a regardée avec méfiance. Son regard était celui du père qui veut savoir mais qui n'a aucune envie de l'entendre.

Depuis plusieurs années, depuis que la situation est devenue ce qu'elle est, les cas comme celui de Manuel Antúnez sont de plus en plus nombreux : des parents qui croulent sous les problèmes, trop occupés à faire face au quotidien et à trouver des moyens de répondre aux besoins les plus basiques pour assumer un poids supplémentaire.

Manuel Antúnez a haussé les épaules.

« Je suis sûre que ça vous intéressera », ai-je insisté.

Déstabilisé, il a penché la tête et cligné des yeux. De sa main droite, il a effleuré le tatouage qui dépassait de la manche de son autre bras. Un geste indécis qui m'a poussée à renchérir :

« Croyez-moi. »

MANUEL ANTÚNEZ

Tout a commencé un jour dans le bureau de l'instit de Guille, Mlle Sonia. On était en rendez-vous depuis un moment, elle, à me servir son baratin comme quoi Guille devait aller voir la psy de l'école – « la conseillère d'orientation », comme elle l'appelait –, et moi, lassé de l'entendre, prêt à me lever et à fiche le camp. C'est là qu'elle a sorti cette phrase, qui m'a flanqué un coup :

« Je pense qu'il y a certaines choses à propos de Guille dont vous aimeriez avoir connaissance, croyez-moi.

— Des choses ? » j'ai répété.

Elle a hoché lentement la tête. L'instit de Guille est une femme jeune, aux cheveux châtain foncé et aux yeux noirs, brillants. Jolie, même si elle a un regard dur et que quand elle sourit, elle fait plus que son âge.

« Je vous écoute. »

Elle a inspiré à fond avant de parler.

« Tout d'abord, vous devez savoir que Guille n'est pas un enfant très... populaire parmi ses camarades de classe. » Je n'ai rien dit. À sa tête, j'ai compris qu'elle n'avait pas fini. « Il vit dans son univers, et il a l'air heureux, même s'il est un peu à l'écart du groupe. Depuis le début de l'année, il ne fréquente pratiquement que Nazia, une petite Pakistanaise, elle aussi nouvelle dans l'établissement. D'après ce que j'ai compris, c'est une voisine, n'est-ce pas ?

— Oui. La fille des propriétaires de la supérette en bas de chez nous.

— C'est ce qu'il me semblait, oui.

— Des gens bien. Un peu dans leur monde, si vous voyez ce que je veux dire, avec leurs trucs et tout, mais ils ont un bon fond. »

Elle a souri, pas longtemps, avant de reprendre :

« Il y a aussi cette passion de votre fils pour la lecture. » Elle bougeait un peu les mains en parlant. « Guille n'arrête pas de lire : à la cantine, à la récréation, au moindre moment libre… et pas toujours des choses destinées aux enfants de son âge. Il a des lectures plus… avancées, je dirais. Je ne sais pas si vous êtes au courant. »

Cette fois, c'est moi qui ai eu un sourire. Si j'étais au courant ? Comment aurait-il pu m'échapper que mon fils passait son temps à lire ? J'ai été à deux doigts de lui balancer quelque chose, mais je me suis retenu. Puis, comme je voyais qu'elle attendait toujours, j'ai sorti :

« Cette manie de lire, il l'a héritée d'Amanda. En ça, c'est son portrait tout craché. Pas qu'en ça, d'ailleurs. Amanda peut passer des heures plongée dans un bouquin. Elle est même capable de lire en marchant dans la rue, alors vous imaginez. À tel point que je l'ai déjà trouvée en train de bouquiner en poussant son Caddie, au supermarché, ou pendant qu'elle fait la cuisine…

— Je vois », a lâché l'instit, sans l'ombre d'un sourire.

À ce moment-là, il y a eu des cris d'enfants et un groupe de gamins est passé en courant dans le couloir, devant la fenêtre. J'ai tendu le cou pour voir si j'apercevais Guille, mais non. L'instit a attendu qu'ils soient partis pour reprendre :

« Outre la lecture, deux, trois points ont aussi attiré mon attention. Le premier, c'est l'obsession de Guille pour… Mary Poppins. » Un blanc. Nous sommes restés là, à nous regarder. J'attendais qu'elle continue. « J'avais déjà trouvé cela un peu surprenant au début, mais bon… comme c'était un enfant qui venait d'arriver d'un autre établissement, je n'avais pas voulu y attacher trop d'importance. Les enfants de cet âge s'approprient fréquemment toutes sortes de personnages fantastiques et parfois ils en viennent à… comment dire… à les adopter au point de les considérer comme un membre de leur famille. De leur monde intérieur, vous voyez ?

— Oui, je vois.

— Mais hier, en classe, il y a eu un petit incident qui m'a mis la puce à l'oreille. C'est pour cela que j'ai décidé de vous appeler, parce que j'aimerais en parler avec vous. »

J'ai perçu de l'inquiétude dans sa voix et mon estomac s'est noué. Soudain, j'ai compris que ce qu'elle allait me dire risquait de ne pas être agréable à entendre et, un instant, j'ai maudit Amanda de ne pas être là, avec moi. Merde, Amanda, on devrait être assis là tous les deux. Ensemble. Comme avant ! j'ai pensé, en essayant de me concentrer sur ce que la maîtresse avait à me raconter.

J'ai avalé ma salive et j'ai collé mon dos au dossier de ma chaise :
« Je vous écoute. »

***

Une heure plus tard, quand je me suis arrêté au bar en bas de chez moi pour prendre une bière avant de rentrer, je continuais à repasser dans ma tête les dernières minutes de mon rendez-vous avec l'instit de mon fils :

« Ce qui m'a fait penser qu'il serait souhaitable de prendre rendez-vous avec la conseillère d'orientation de l'école pour avoir son avis, ce n'est pas que Guille veuille être "comme Mary Poppins" quand il sera grand, monsieur Antúnez, avait-elle dit. Nous savons que les enfants se projettent dans l'avenir de manières très diverses, et d'ailleurs Mary Poppins est un personnage dont les valeurs ne sont pas le moins du monde préoccupantes. Au contraire : je dirais que c'est un modèle très positif. »

J'avais respiré, un peu soulagé, je l'avoue.

« Ce qui m'interpelle, ce n'est pas que Guille veuille être "comme elle", c'est qu'il veuille "être elle", avait-elle précisé, en faisant tourner son stylo entre ses doigts sans me quitter des yeux. Il y a une grande différence entre vouloir être comme quelqu'un et vouloir être ce quelqu'un, monsieur Antúnez, et je pense que cela, conjugué à son isolement vis-à-vis du groupe et à son… hypersensibilité, justifie de chercher à déterminer si Guille essaie de nous dire quelque chose, de son monde, de ses peurs… Qui sait ? Peut-être Mary Poppins n'est-elle que la partie émergée de l'iceberg. »

Je n'avais pas su quoi dire. Elle m'avait tapoté l'avant-bras et m'avait souri de ce sourire condescendant de petite maligne convaincue de tout savoir que les enseignantes nous servent à nous, les parents, comme si on était de parfaits imbéciles.

« María, la conseillère d'orientation de notre établissement, est déjà au courant. Ce n'est pas la psychopédagogue habituelle, parce que Isabel, qui travaille d'ordinaire avec nous, est en congé maternité jusqu'au trimestre prochain. Mais c'est une une professionnelle très compétente, vous verrez, avait-elle poursuivi en tirant de son agenda une carte de visite qu'elle a fait glisser sur le bureau. J'ai pris la liberté de prendre rendez-vous pour Guille pour une première visite la semaine prochaine. » Et elle avait ajouté, d'une voix plus douce, cette fois : « Si vous êtes d'accord, bien entendu. »

Pendant que je finissais ma bière, j'ai repensé à Amanda et, en sortant sa photo de mon portefeuille, j'ai sorti aussi la carte de visite où était noté le rendez-vous avec la psy. J'ai décidé qu'Amanda aurait réagi comme moi et j'ai même entendu distinctement sa voix : « Bien joué, Manu. Tu sais ce qu'on a toujours dit, "c'est mieux de savoir" », par-dessus le remue-ménage des serveurs et la musique de la radio. J'ai souri. « Il vaut toujours mieux savoir », voilà bien une phrase d'Amanda, et aussi « jamais un pas en arrière, Manu. Même si ça s'annonce plutôt mal. »

Je me suis levé, je suis allé payer à la caisse et je suis sorti. J'allais traverser quand m'est revenue en tête la deuxième réflexion de l'instit après cette histoire de Guille avec Mary Poppins. Je l'ai revue assise là, tapotant ses lèvres du bout de son stylo comme le font les toubibs, ou comme si elle avait du mal à se décider à parler, et je me suis rappelé aussi que sa mâchoire s'était un peu contractée juste avant qu'elle se lance.

« Mais ce qui m'interpelle le plus, avait-elle repris, le front plissé, c'est que depuis le début de l'année Guille n'a jamais parlé de sa mère, monsieur Antúnez. Pas une fois il ne l'a évoquée. »

On était restés muets tous les deux. Moi, parce que je ne savais pas quoi dire, et elle, parce qu'elle attendait quelque chose de ma part, j'imagine. Je m'étais raclé la gorge pendant qu'elle s'adossait au dossier de sa chaise. Puis, comme si elle réfléchissait tout haut, elle avait conclu :

« C'est comme si pour votre fils, sa mère n'existait pas. »

MARÍA

Tout a commencé par une enveloppe. Ou non, peut-être qu'il serait plus exact de dire que tout a commencé un peu avant.

Un soir, il y a quelques jours, Sonia, l'institutrice des 4e année, est venue me voir dans mon bureau. Elle voulait me parler d'un de ses élèves.

« C'est Guille, a-t-elle commencé en tournant dans son thé avec sa petite cuillère en plastique. Je t'ai déjà parlé de lui, je crois.

— Oui, je m'en souviens. C'est cet enfant qui a une passion pour Mary Poppins, non ? »

Elle a acquiescé.

« J'aimerais que tu le voies. »

J'ai souri. Même si je la connais peu, parce que, en moins d'un trimestre, on n'a pas le temps de vraiment rencontrer tous les enseignants d'un établissement, Sonia ne me semble pas de celles qui tournent autour du pot.

C'est une femme de caractère.

« D'accord, ai-je dit. Quel est le problème ? »

Elle a balayé la pièce des yeux avant de répondre.

« Je le trouve un peu trop gai », a-t-elle fait avec un sourire embarrassé.

J'ai attendu la suite. Je sentais que si elle était venue me demander de l'aide – ce qui arrive rarement, à moins qu'un enseignant pense qu'il y a un réel motif –, c'était parce que, effectivement, quelque chose l'inquiétait vraiment. Elle a poursuivi :

« Je t'explique. Objectivement, Guille aurait toutes les raisons d'être un enfant perturbé : il vient de changer d'école, parents séparés depuis peu, il ne côtoie que les filles, aucune appétence pour le foot ou les jeux trop physiques, peu de relations avec les autres élèves, une certaine… hypersensibilité que ses camarades n'acceptent pas toujours bien, même s'ils ne l'ont pas encore clairement verbalisé, et une intelligence hors du commun. Sans parler de cette obsession pour Mary Poppins, que je trouvais même amusante au début, mais qui avec le temps a commencé à me sembler préoccupante.

— Je vois.

— Mais, malgré tout ça, c'est un garçon joyeux. Extrêmement joyeux.

— Et tu penses que…

— Je ne sais pas ce que je pense, María, m'a-t-elle coupée. Je ne sais que ce que me dit mon expérience, et mon expérience me dit que le Guille que nous voyons en renferme un autre qui nous est caché. »

J'ai scruté le visage inquiet de Sonia. Du peu que je l'avais observée depuis le début de l'année scolaire, j'en avais conclu que c'était l'une de ces maîtresses qui vivent les problèmes et les joies de leurs élèves comme si elles étaient personnellement impliquées, un peu trop parfois, peut-être, mais sans pouvoir l'éviter.

Il leur arrive d'être trop maternelles avec eux et elles le savent. Mais au cours de ces quelques semaines passées dans l'établissement, jamais je n'avais eu l'impression qu'elle se trompait dans ses observations qu'elle avait partagées avec l'équipe pédagogique.

« Extrêmement joyeux », avait-elle dit.

Ce qu'elle a ajouté a fini de me convaincre.

« Je pense que Guille, le Guille que nous voyons, est la pièce d'un puzzle, María », a-t-elle repris, l'air soucieux. Elle parlait avec une certaine timidité, un peu comme si elle craignait que je pense qu'elle avait perdu la raison. C'était presque une confidence. « Et je crois que derrière cette gaieté affichée il y a un... mystère. Un puits du fond duquel il nous appelle peut-être à l'aide. »

Je ne savais pas quoi dire. Avant que j'aie pu parler, elle a tiré de son sac une enveloppe blanche et l'a posée devant moi.

« Tiens, je t'ai apporté ça. »

Nous avons échangé un regard.

« Qu'est-ce que c'est ? »

Elle a écarté sa tasse pour poser les deux coudes sur la table.

« Quelques-uns des dessins et devoirs de Guille. Des rédactions faites en classe ou à la maison... ce genre de choses. »

J'ai pris l'enveloppe, mais elle a tendu la main et l'a posée sur la mienne, en secouant la tête.

« Tu n'as pas besoin de l'ouvrir maintenant. » Elle repoussait une mèche de cheveux de son visage avec un soupir las.

« Comme tu voudras. » J'ai reposé l'enveloppe et j'ai ouvert mon agenda sur mon ordinateur. « Jeudi prochain, j'ai une heure libre en fin d'après-midi. Juste après la sortie des classes. »

Sonia a souri.

« Parfait. J'en parle avec le père et je te confirme ça. »

***

Le soir même, après le dîner, j'ai allumé la télévision pour tenter d'avoir les infos du jour ou tomber sur l'une de ces séries que je suis de loin en loin pour me détendre, mais au bout de quelques minutes, j'ai compris que c'était peine perdue. Ma conversation avec Sonia continuait de me trotter dans la tête et, quand je suis allée poser mon plateau avec les restes de mon repas sur la table de la salle à manger, mes yeux sont tombés sur l'enveloppe qu'elle m'avait donnée avant de quitter mon bureau.

Un instant, j'ai été tentée d'éteindre la lumière pour aller me coucher. Mais la curiosité l'a emporté sur la fatigue.

Je me suis fait un thé et j'ai allumé la radio sur la station de musique classique que j'écoute toujours avant de dormir. Puis je suis retournée sur le canapé où, calée confortablement entre des coussins, j'ai ouvert l'enveloppe.

Je l'ai vidée sur mes genoux, séparant les pages couvertes d'écriture des dessins que Sonia avait classés par dates puis agrafés.

J'ai décidé de commencer par les dessins.

Et alors j'ai compris.

LE MOT MAGIQUE,
DES NUAGES DANS LE CIEL
ET QUELQUES VOIX AMIES

GUILLE

« Quoi ! Encore ? Mais hier tu y arrivais ! » Nazia a levé les épaules pour les rapprocher de son cou en gloussant, mais moi ça ne m'a pas fait rire et elle l'a bien vu. Elle est redevenue sérieuse, elle a pris le papier où le mot était écrit en gros et elle a réessayé :

« Shu-per-ca-fri-li-gis-to-pa-li-do... cious », elle a lu tout lentement, en le chantant un peu, même.

Puis elle m'a regardé et elle a ri en mettant ses mains devant sa bouche, comme sa mère quand elle est à sa caisse.

On a encore essayé plusieurs fois, puis on est allés à la cuisine pour préparer notre goûter parce que papa était dans son bureau, occupé à écrire un mail à maman sur son ordinateur, et quand papa écrit à maman il ne faut pas le déranger parce qu'il est très concentré. Pendant qu'on goûtait, on a de nouveau regardé le passage du film où Mary Poppins dit le mot magique et où tout le monde se met à chanter et à danser de plus en plus vite dans le parc au milieu des dessins animés, histoire d'aider Nazia à le retenir.

Souvent, après l'école, Nazia vient chez moi et on fait nos devoirs ensemble. Des fois, après avoir goûté, on descend au magasin de ses parents, et d'autres, on répète dans ma chambre notre numéro pour le spectacle de Noël. Parce qu'un jour la maîtresse nous a dit que c'est à nous les 4e de monter le spectacle cette année, et qu'on devait faire un numéro à deux ou en groupe pour que ça ne dure pas trop longtemps. À la fin de la journée, Nazia et moi, on était les seuls que personne n'avait choisis, parce que comme on est nouveaux, voilà, quoi.

Alors Mlle Sonia nous a mis ensemble.

« Qu'est-ce que vous avez envie de faire ? » elle a demandé.

Il y avait déjà un numéro de magiciens, une danse des Monster High, un Justin Bieber avec ses choristes, un père Noël et ses trois rennes, et aussi une Fifi Brindacier en Égypte et… et plein d'autres choses que je ne me rappelle plus. Nazia ne savait pas quoi dire. En classe, elle ne dit jamais rien. Comme elle parle un peu bizarre, des fois on ne la comprend pas très bien et elle a peur qu'on se moque d'elle.

« On pourrait faire une chanson de Mary Poppins ? » j'ai proposé.

Nazia a ri derrière sa main et la maîtresse a souri.

« Mais oui, Guille. Quelle bonne idée ! À laquelle tu penses ? »

J'ai été tellement content que mon cœur s'est mis à battre très fort et j'ai eu envie de faire pipi.

« Celle avec le mot magique, c'est possible ? » j'ai demandé, et comme j'étais tout excité, j'ai eu un peu de bave qui est sortie, mais je l'ai essuyée tout de suite avec ma manche.

Mlle Sonia m'a regardé un peu bizarrement, avec les sourcils tout rapprochés et un gros pli sur son front, et comme je suis assis au dernier rang, tout le monde s'est retourné. Nazia ne riait plus.

« Le… mot ? a répété la maîtresse.

— Oui. Ce mot magique très très long qui sert pour quand on ne sait pas quoi dire, mais on peut le chanter, aussi. »

Mlle Sonia a mis sa tête comme ça, un peu penchée, et personne n'a parlé, puis elle a dit, en notant quelque chose dans son cahier :

« Parfait. Voilà, vous êtes inscrits tous les deux. Nazia et Guille, vous nous ferez donc la chanson de Mary Poppins et le… mot magique. C'est bien ça ? »

J'ai fait oui avec la tête et Nazia m'a regardé, mais sans rire ni rien.

Ça, c'était ce jour-là, et depuis on répète certains soirs chez moi, mais avec Nazia c'est un peu compliqué parce qu'elle ne parle pas très bien et au début elle n'arrêtait pas de se tromper, mais là comme ça fait déjà plusieurs semaines, peut-être que si on n'arrive pas à l'apprendre on n'aura pas le temps, parce que la représentation est dans plus très longtemps.

D'autres fois on descend au magasin de Mme Asha, qui est la mère de Nazia, et on goûte avec des gâteaux au miel et aux amandes qu'elle garde sous un plastique pour pas qu'ils s'abîment, puis on va dans la réserve, une grande pièce sans fenêtres avec plein de trucs cachés par des rideaux, où habitent Nazia, ses parents et son frère, Rafiq, qui s'y connaît drôlement en portables et en ordinateurs et qui est là des fois et des fois non, et quand il est là il se dispute un peu avec le papa de Nazia mais en pakistanais.

Nazia est très intelligente même si elle ne parle pas beaucoup. Elle rit tout le temps, sauf quand elle doit être à la caisse du magasin avec sa mère pour surveiller que personne ne prenne rien sans permission et ranger les courses dans des sacs en plastique vert. Alors elle devient toute sérieuse et moi je rentre chez moi, dans l'immeuble juste à côté mais au dernier étage, et si papa n'est pas là je prends les clés qu'il me laisse sous le paillasson pour que je puisse entrer.

Quand papa est à la maison, on regarde la télé ensemble et des fois il m'aide pour mes devoirs, puis il fait le dîner et tout de suite après je dois aller au lit parce que lui il se met à l'ordinateur pour écrire des mails à maman. S'il n'est pas encore arrivé, je me repasse le DVD de Mary Poppins sur la télé de ma chambre et je chante les chansons avec elle, surtout celle du mot magique, et je danse, aussi, avec un manteau de ma maman, un de ses préférés, long, que je prends dans l'armoire en cachette de papa. Parce qu'elle a laissé beaucoup de vêtements d'hiver à la maison. Papa dit que là où elle est, elle n'en a pas besoin parce que c'est le désert et qu'ils n'ont pas d'hiver là-bas, mais dès que je l'entends arriver je me dépêche de l'enlever et de le cacher sous mon lit avec ses chaussures et d'autres trucs que j'ai pour me déguiser, parce qu'une fois il m'a surpris habillé avec les affaires de maman et, enfin bon, j'ai dû lui promettre que je ne le referais plus, mais plus jamais, jamais, et puis après il est allé s'enfermer dans sa chambre et on n'a pas dîné ni rien.

Mais jeudi soir je n'ai pas pu rentrer de l'école avec Nazia parce que après le cours de dessin, quand la cloche a sonné, Mlle Sonia m'a dit :

« Tu te rappelles que tu as rendez-vous avec la conseillère d'orientation, aujourd'hui ? »

Alors j'ai dû rester dans le couloir et puis elle m'a emmené à la petite maison qu'il y a au fond du jardin. Commc il pleuvait, il a fallu courir un peu, même si la maison n'est pas loin, tout près des grilles et presque collée à la fontaine avec sa girouette en forme de coq.

Juste avant d'arriver à la porte, Mlle Sonia m'a encore dit :

« Tu verras, María est très gentille. »

Alors je n'ai pas pu m'empêcher de demander :

« Pas vrai que Mary c'est María en anglais ? »

Elle a fait oui de la tête. Puis elle a sonné à la porte et on a attendu.

« Et elle est jolie ? »

La maîtresse m'a regardé.

« Qui ? María ? Très. »

J'ai eu comme froid là, derrière le cou, et quand j'allais lui demander si María chantait, il y a eu une espèce de bourdonnement et la porte s'est ouverte toute seule. On est passés dans une petite entrée comme à la maison, et juste à ce moment est sortie d'une pièce sur la droite une dame, mais une dame pas vieille, un peu comme maman mais pas pareille, parce qu'elle avait des cheveux roux en chignon et un visage tout rose, commc de poupée.

« Alors c'est toi, Guille ? » elle a dit.

Je n'ai pas su quoi répondre. Dans la pièce, derrière la dame, il y avait une grande table en bois brillant, avec des pieds tout tordus comme ceux des lions, et dessus une valise marron assez grande, ouverte, qui ressemblait beaucoup à celle de Mary Poppins.

« Guille ? » elle a répété.

Avec son grand sourire, elle m'a rappelé maman et j'ai baissé les yeux parce qu'elle me manquait et que d'un coup j'avais envie de pleurer. Près de la porte, j'ai vu un tube doré avec dedans un parapluie noir comme celui de papa, mais avec un manche en argent. Alors je me suis décidé :

« Marcos Salazar, il dit que quand on nous fait venir ici c'est sûrement qu'on va être puni. »

Mme María s'est accroupie, elle m'a pris le menton et m'a forcé à lever la tête.

« Ça, c'est parce que Marcos Salazar ne sait pas que c'est seulement les meilleurs qui viennent ici », elle a fait, en me regardant tout au fond des yeux.

Elle souriait tellement que ça m'a donné envie de rire.

« Les… meilleurs ? »

Elle a fait oui de la tête. Puis, tout bas :

« On m'a dit que tu aimais beaucoup Mary Poppins ?

— Oui.

— Eh bien, tu sais quoi ?

— Quoi ?

— Moi aussi, je l'aime beaucoup, elle m'a chuchoté à l'oreille.

— Ah bon ? »

Elle a encore fait oui avec la tête.

« Oui, beaucoup, beaucoup. Surtout quand elle chante. »

Puis elle s'est relevée et m'a pris par la main. Mais quand elle m'a tiré un peu pour que j'entre avec elle dans la pièce, je n'ai pas bougé. Alors elle s'est retournée et m'a fait un clin d'œil. Et elle a ri aussi, juste un peu, et m'a passé la main dans les cheveux.

« Seulement les meilleurs, Guille, elle a répété, en me décoiffant comme ça, avec les doigts, comme fait maman parfois. Et seulement les enfants qui connaissent Mary Poppins. »

J'ai regardé Mlle Sonia et elle m'a encouragé de la tête :

« N'aie pas peur. »

Alors María et moi on est entrés main dans la main.

MANUEL

Je suis arrivé avec presque un quart d'heure d'avance et je me suis assis sur une chaise dans l'entrée pour attendre. Du bureau, par la porte entrouverte, me parvenaient la voix de Guille et aussi une voix de femme. De temps en temps, elle lui posait une question et à un moment il m'a même semblé percevoir le rire de Guille. Quand il rit, je crois toujours entendre Amanda et alors elle me manque à en perdre la boule.

Pendant que j'attendais que Guille finisse, j'en ai profité pour sortir mon carnet et faire un brouillon du mail que j'enverrais à Amanda dans la soirée. Skype et tout ça, c'est bien beau, mais pour nous, ce n'est pas possible, parce que quand il fait jour là-bas, ici c'est la nuit, et en plus elle bosse sans arrêt, alors comme maintenant avec ce chômage j'ai plein de temps libre, je lui écris tous les jours et, comme ça, c'est moins dur de ne pas l'avoir ici.

Alors que j'attendais, je me suis rappelé ce que Mlle Sonia avait dit de Guille quand je l'avais vue – « c'est un enfant particulier » – et j'ai pensé à Amanda et à quel point elle est particulière. Je ne veux pas dire par là qu'elle est jolie, et pourtant elle l'est, très jolie même – non, c'est autre chose, quelque chose que je n'ai jamais vu chez personne d'autre et qui, dès le premier jour, m'a fait craquer. Je me suis rappelé quand je la voyais passer sur la piste avec les autres hôtesses et que déjà je n'avais d'yeux que pour elle. C'était comme si tout disparaissait tout d'un coup : le bruit, les collègues, les odeurs de carburant… tout. Et elle, si elle me surprenait en train de la regarder, elle me souriait avec ces grands yeux bleus qu'elle a, aussi grands que deux soleils. Je me suis rappelé aussi comment, le jour où j'ai osé l'inviter à sortir et qu'elle m'a dit oui, je pouvais à peine parler. J'ai dû m'enfermer dans les toilettes du terminal 1 pour me mouiller les cheveux et le visage tellement j'étais en nage. Je l'ai emmenée dîner dans un resto chinois puis au cinéma, ou le contraire : d'abord le film puis le chinois, je ne sais plus. Ce que je sais, par contre, c'est qu'à partir de là tout a été très simple. Évidemment : avec elle, les choses sont comme ça, simples, comme si elles étaient là depuis toujours et qu'on n'avait qu'à tendre la main pour les prendre. C'est comme si Amanda comprenait la vie, comme si elle était née avec un mode d'emploi pour faire en sorte que tout se passe toujours bien.

Nous nous sommes mariés très vite, plus vite que ce que j'aurais voulu peut-être. C'est elle qui me l'a demandé et, quand je lui ai suggéré d'attendre un peu pour mieux nous connaître, Amanda a éclaté de rire et m'a embrassé : « Manu, elle a dit, pourquoi attendre puisque nous nous sommes trouvés ? » Même si son ton était sérieux, c'était pour plaisanter, mais je n'ai pas compris, et comme toujours j'ai foncé dans le panneau, comme un crétin. Je suis devenu si rouge, de plaisir, d'abord, de confusion, ensuite, que j'ai senti ma nuque s'embraser et elle, en le voyant, elle s'est serrée contre moi et a levé la tête, fourrant le nez dans mon cou et m'imprégnant de son arôme. « Il ne faut jamais remettre à plus tard les bonnes choses, mon chéri », elle m'a glissé à l'oreille, comme ça, tout bas.

Un mois plus tard, nous étions mariés.

Amanda est anglaise. Ses parents l'ont abandonnée quand elle était tout bébé et elle a grandi dans un orphelinat de Liverpool jusqu'à ses neuf ans, puis elle a été adoptée par un couple du sud de l'Angleterre avec lequel elle ne s'est jamais vraiment entendue. Dès qu'elle a eu dix-huit ans, elle a fait sa valise et elle est partie à Londres. Elle est entrée très vite comme hôtesse de l'air chez British Airways. Puis, à son premier voyage en Espagne, elle a décidé de s'installer ici. Voilà pourquoi il n'y avait aucun membre de sa famille au mariage, uniquement ses collègues et deux, trois amis. De mon côté, je n'avais que mon frère, Quique, et sa femme, qui vivent en Argentine depuis quelques années et avec lesquels j'ai peu de contacts. Mon père n'est pas venu : il voulait amener Marga, sa nouvelle copine, mais quand je lui ai dit que ce serait mieux qu'il vienne seul, il l'a mal pris et c'en est resté là. Au fond, je n'étais pas mécontent parce que maman était morte depuis peu, son absence me pesait beaucoup, et j'aurais eu un mal fou à gérer toute cette tension. Bref, ce fut un mariage en petit comité, suivi d'un dîner entre amis dans une gargote sur la plage, bain de minuit inclus. Amanda était splendide et moi l'homme le plus comblé de la terre.

Guille est arrivé dix mois plus tard. Le jour où Amanda m'a annoncé qu'elle était enceinte, je me suis senti si… bizarre que, aujourd'hui encore, je ne saurais pas l'expliquer. Soudain, tout était différent, mais elle était si heureuse que j'ai pensé : mais si, mon vieux. Ça va être fantastique, tu verras, et je me suis vite fait à l'idée. Si à ce moment-là quelqu'un m'avait dit que les choses allaient à ce point mal tourner, qu'on en arriverait là, je lui aurais rigolé au nez, d'autant plus que dès le début, Guille a été un bébé magnifique et très calme, doté des grands yeux bleus de sa mère et des mêmes cheveux blonds. Tout de suite, nous nous sommes rendu compte qu'entre Amanda et lui il y avait quelque chose de particulier, une… connexion très forte. Guille la réclamait tout le temps : quand il n'arrivait pas à dormir, quand il avait mal aux dents, quand il avait faim… n'importe quand. Il ne se calmait que quand Amanda arrivait et qu'elle le prenait dans ses bras. Oui, je sais bien que c'est fréquent entre une mère et son fils ; Javi, ce collègue à l'aéroport qui était devenu père presque en même temps que moi, m'avait prévenu, mais entre Amanda et Guille, c'était différent et, même si au début ça m'a amusé, je reconnais qu'avec le temps ça a fini par m'agacer un peu.

« Tu es jaloux », me disait Javi pour me charrier, quand on prenait notre pause. Et moi je rigolais et je lui balançais une taloche amicale, mais au fond il avait raison. J'étais jaloux, oui : jaloux d'Amanda, parce que ce lien que Guille avait avec elle, il ne l'avait pas avec moi, et aussi jaloux de Guille, parce que parfois on aurait dit qu'Amanda n'appartenait qu'à lui, et ça, il faut dire ce qui est, ça n'est agréable pour aucun homme. Mais je ne dis pas non plus que ça me déplaisait de voir Guille lui ressembler autant. Comment ç'aurait pu ne pas me plaire ? Les voir ensemble, c'était comme… comme un miracle : ils avaient le même regard, les mêmes mimiques, les mêmes sourires… Le problème – en tout cas, c'en était un pour moi –, c'était que plus Guille grandissait, plus il se mettait à ressembler à sa mère, et de moins en moins aux autres petits garçons. Je ne pourrais pas l'expliquer autrement : Guille était comme Amanda, mais en petit. Une sorte de modèle réduit de sa mère. Par exemple, depuis que je la connais, Amanda a toujours été une grande lectrice de romans *fantasy*. Elle est folle de tout ce qui est fées, farfadets, lutins, sirènes, sorcières, magie, tous ces trucs qui, moi, pour être franc, ne me passionnent pas, et depuis qu'il est bébé elle lit à Guille ce genre de contes, des histoires pour… fillettes, pour le dire en un mot : c'était Blanche-Neige par-ci, Cendrillon par-là, ou encore le Petit Chaperon rouge, et surtout Mary Poppins. Jamais je n'ai rencontré quelqu'un aussi dingue de Mary Poppins qu'Amanda. Alors évidemment, à force de l'entendre tous les soirs, Guille s'est mis à prendre le même pli. Et au-delà de Mary Poppins, il y avait aussi tout le reste : Guille n'a jamais aimé jouer avec les autres gamins, ni au foot ni rien ; il n'est pas très sport, par contre, si on tombe à la télé sur un championnat de gymnastique rythmique ou de patinage artistique, ça, il aime bien le voir. Et puis il y a cette manie de se déguiser, de jouer avec les filles… Il a toujours été comme ça. Et bon, au début, je ne disais rien, je me taisais, je faisais comme si je ne voyais rien. Mais, un jour, ça a dépassé les bornes.

Je me rappelle que c'était fin novembre et qu'on était sortis faire un tour. On s'était arrêtés devant la vitrine d'un magasin de jouets. Guille devait avoir quatre ou cinq ans. Il a collé son nez à la vitre, puis il a tendu le doigt vers une poupée assise sur une sorte de boîte en plastique et il a dit, en me regardant :

« Si je la demande aux Rois mages[1], tu crois qu'ils me l'apporteront ? »

Un homme qui était à côté de nous accompagné de ses deux filles s'est retourné. Il a regardé la poupée, il a fait une grimace de dégoût et a attiré ses gamines contre lui. Je lui aurais bien démoli le portrait mais j'ai dû ravaler ma rage, et aussi ma honte. Une fois de retour à la maison, quand j'ai voulu aborder le sujet avec Amanda, sa réponse a été celle de toujours :

« Chéri, tu trouves que Guille a l'air d'un enfant malheureux, toi ? »

J'ai regardé notre fils : il était assis par terre dans le salon, et il dessinait en chantonnant.

« Non, bien sûr que non », j'ai répondu.

Elle a souri.

« Alors, pour moi, il peut bien se déguiser en Martien ou devenir buraliste. »

Le sujet était clos. Si Guille était heureux, Amanda aussi. Et si Amanda était heureuse, je ne pouvais que l'être, moi aussi. Face à ça, il n'y avait plus grand-chose à dire.

C'est vrai aussi qu'à cette époque, Guille était encore tout petit, que je travaillais comme un forçat, de nuit, et que je rentrais mort de fatigue, alors j'ai préféré dédramatiser, et comme c'était Amanda qui s'occupait du gosse, je me suis détendu et je l'ai suivie. « Ça va, elle s'en charge, j'ai pensé. Reste cool : Amanda sait parfaitement ce qu'elle fait. »

1. En Espagne, traditionnellement, les enfants reçoivent leurs cadeaux de Noël de la main des Rois mages, le 6 janvier. *(N.d.l.T.)*

Maintenant qu'elle n'est plus là, je me dis que je me suis peut-être trompé. Qu'en tant que père, j'ai choisi la voie de la facilité en fermant les yeux et en la laissant s'occuper de Guille. J'aurais sans doute dû me bouger les fesses, rester attentif. Peut-être que si je l'avais fait, on n'en serait pas là aujourd'hui et je n'aurais pas maintenant à me fader ces histoires de psy et tout le toutim. Peut-être que tout ce qui arrive avec Guille c'est un peu… ma faute.

***

Tout d'un coup, du bureau, la voix féminine – une voix douce, mélodieuse – m'a tiré de mes pensées.

« Et maintenant, dis-moi, Guille : ta maman, elle te manque beaucoup, beaucoup ou juste un peu ? »

J'ai avalé ma salive. Derrière la vitre, la girouette noire qui surplombait la fontaine s'est mise à osciller de droite et de gauche sous la pluie.

Il y a eu un silence.

« Guille ? » a insisté la voix.

Silence.

« Tu ne veux pas me répondre ? »

Après un temps, Guille a réagi enfin :

« Non. »

Quelques secondes sont encore passées. La girouette de la fontaine tournicotait de plus en plus vite tandis que la pluie redoublait.

« Pourquoi ? » a fait la voix de femme.

Quand la grande aiguille du réveil posé sur la tablette du radiateur a indiqué 19 heures pile, la girouette a stoppé net. Alors la voix de Guille est arrivée dans un murmure :

« Parce que… c'est un secret. »

MARÍA

« C'est un secret », a répondu Guille avec un sourire à la fois timide et mutin.

Devant moi, sur le bureau, j'avais le dessin qu'il avait fait pendant la séance et qu'il venait de me rendre. Je l'ai regardé de nouveau et un petit frisson m'a parcourue.

Ce dessin était identique à ceux que j'avais trouvés dans l'enveloppe remise par Sonia : tout en bas à droite, un homme était assis à une table devant un écran immense, dans une pièce à la porte ouverte. L'homme, des écouteurs sur les oreilles, avait le visage tout gribouillé, couvert de taches. La partie supérieure de la feuille était prise par un avion sur lequel une femme se tenait debout et, juste en dessous, tendant une baguette magique vers elle, une sorte de grand livre sous l'autre bras, volait une Mary Poppins miniature en laquelle j'ai cru reconnaître Guille. Le reste de la feuille était rempli de rectangles disséminés dans le ciel, chacun avec dans un coin une petite fenêtre derrière laquelle apparaissait un visage. Il y avait aussi un lave-linge dans la maison et, derrière l'homme, une grande armoire en haut de laquelle était placée une boîte, et, à côté, une échelle appuyée contre le mur. Le mot « Supercalifragilisticexpialidocious » barrait l'ensemble en diagonale.

Guille a pris les briques du Lego avec lequel il avait joué pendant une bonne partie de la séance et s'est remis à les emboîter pour construire ce qui ressemblait à un pont.

Quand l'horloge de mon bureau a marqué 19 heures et que j'allais conclure la séance, il a levé les yeux et a demandé avec le même sourire réjoui qui ne l'avait pas quitté un seul instant :

« Et ça prend longtemps pour devenir grand ? »

J'ai souri. Guille a des yeux bleus qui regardent tout sans fausse pudeur. Quand il pose une question, il le fait sans vergogne, comme si c'était la chose la plus naturelle du monde, et ça me rassure.

« Quelques années », ai-je dit.

Il a froncé les sourcils et penché la tête sur le côté, dans un mouvement de dépit si naturel et si enfantin qu'il m'a de nouveau arraché un sourire.

« Et on ne peut pas aller plus vite ? »

J'ai mis quelques secondes à répondre.

« Et pourquoi tu voudrais aller plus vite ? »

Il a détourné les yeux du côté de la fenêtre en clignant des paupières.

« Parce que sinon peut-être que quand j'y serai, ça sera trop tard, a-t-il fait, l'air soudain grave, d'une voix où j'ai cru déceler une pointe d'angoisse.

— Trop tard pour quoi, Guille ? » ai-je insisté en examinant de nouveau son dessin et en butant sur l'image de l'homme assis devant la télévision avec ses écouteurs.

Guille a poussé un gros soupir :

« Pour la magie. »

À ce moment, je n'ai pas su comment interpréter sa réponse, alors j'ai choisi de détourner son attention en désignant l'homme du dessin :

« Lui, c'est ton papa ? »

Il a souri en acquiesçant d'un signe de tête. C'était un sourire étrange, presque adulte.

« Il regarde beaucoup la télévision ? »

Il a secoué la tête.

« Non, c'est pas la télé. C'est son ordinateur.

— Ah.

— C'est parce qu'il met son casque pour parler avec maman le soir.

— Et toi, tu ne lui parles jamais ? »

Guille a baissé les yeux.

« Elle peut seulement quand moi je dors.

— Ah, je vois. » J'ai jeté un coup d'œil à l'horloge et comme l'heure était passée de presque dix minutes j'ai décidé de conclure : « Si tu veux bien, on va s'arrêter là.

— D'accord. »

Je l'ai accompagné dans l'entrée et j'ai salué son père, qui l'attendait. Quand M. Antúnez m'a demandé comment s'était passé notre entretien, j'ai préféré rester prudente et dire qu'il était trop tôt, et que, si ça ne lui faisait rien, je souhaitais revoir Guille une fois par semaine jusqu'à la fin du trimestre. Il n'a paru ni très ravi ni très convaincu, mais il a accepté, un peu à contrecœur. Il a été convenu que Guille reviendrait me voir tous les jeudis à cette même heure. Je les ai reconduits à la porte et je les ai vus s'éloigner en se hâtant sous la pluie.

De retour à mon bureau, j'ai résumé en quelques lignes la séance sur la fiche de Guille, mais quand j'ai ramassé son dessin pour le ranger dans son dossier, quelque chose a attiré mon regard.

J'ai chaussé mes lunettes et j'ai rapproché la feuille de la lampe pour l'examiner attentivement. Alors j'ai eu un petit coup au cœur.

Le visage de l'homme que Guille avait représenté assis à son bureau avec ses écouteurs sur les oreilles n'était ni couvert de taches ni gribouillé.

Ce qu'il y avait sur le visage de son père, c'étaient des larmes.

Mes yeux se sont portés plus à gauche, sur l'écran de l'ordinateur dessiné par Guille, et là, oui.

J'ai eu le souffle coupé.

UNE DÉCISION COURAGEUSE, LE COFFRE AUX TRÉSORS ET LES LETTRES DU JEUDI

GUILLE

Quand maman habitait à la maison, elle venait dans ma chambre avant que je dorme. Elle m'apportait un verre de lait chaud et me lisait des super trucs. Des fois aussi elle me racontait des histoires de quand elle était petite et qu'elle vivait en Angleterre, pas à Londres comme Jane et Michael, les enfants dont s'occupe Mary Poppins, mais avec ses parents qui n'étaient pas ses parents pour de vrai mais adoptifs. D'autres fois elle me lisait des passages de Mary Poppins, pas celle du film qui s'appelle Julie Andriouse parce qu'elle est anglaise comme maman, mais celle des livres, qui est différente mais pareille.

« C'est celle-là, la vraie histoire, maman m'a dit un jour. Celle du film, c'est une autre, parce que comme les films sont plus courts, il a fallu résumer. »

Maintenant que maman n'est plus là, je dois me coucher tout seul. Après le dîner, papa va à son ordinateur pour lui écrire, puis il attend qu'il fasse plus nuit pour lui parler, pendant que je reste regarder la télé dans la cuisine ou que je finis mes devoirs, sans aller le voir même pas un peu parce que c'est absolument interdit, sinon c'est punition et tout. Mais le mercredi c'est différent : je me couche tôt, parce que le jeudi, la lettre de maman arrive et papa dit que si je ne m'endors pas vite le facteur ne passera pas et je devrai attendre le jeudi d'après. C'est pour ça qu'hier je me suis couché tôt et ce matin la lettre m'attendait dans la boîte avec son enveloppe mauve et ces drôles de timbres que Nazia trouve très bizarres, mais comme elle vient du Pakistan et que Dubaï et le Pakistan sont très loin l'un de l'autre sur le planisphère de la bibliothèque de l'école, elle s'y connaît peut-être pas trop bien, mais bon.

À la récré, je suis allé aux toilettes avec Nazia et on l'a lue ensemble. Enfin, moi je la lisais et elle m'écoutait, parce que des fois elle a un peu de mal avec certains mots :

Mon poussin,

Je sais par papa que vous allez très bien et que tu travailles bien à l'école, et aussi que tu continues à répéter avec ton amie votre numéro pour le spectacle de Noël. Tu n'imagines pas comme je voudrais être là pour le voir. Mais ne t'inquiète pas, papa m'a promis qu'il le filmerait et qu'il m'enverrait la vidéo.

Aujourd'hui, j'ai beaucoup pensé à toi, parce qu'une passagère avait un parapluie avec un manche à tête de perroquet, mais le sien était doré, pas comme celui de notre Mary, et il ne parlait pas (enfin, je ne l'ai pas entendu, mais qui sait ?). Dis donc, est-ce que tu as commencé ta liste pour Noël ? N'attends pas la dernière minute, hein ? Donne-la à papa pour qu'il me l'envoie, peut-être que si on passe la commande d'ici et de là-bas à la fois ce sera plus sûr ?

Bon, je dois te laisser, mon poussin. Je dois être au travail dans moins d'une heure et il faut encore que je poste cette lettre. Ah, je t'envoie aussi une carte postale que tu vas adorer. Non, ce n'est pas un dauphin (tu te rappelles que tu m'avais demandé s'il y a des dauphins, ici ?). Il s'appelle Dugong et c'est un sirénien... le papa des sirènes ! Mais oui ! Tu ne savais pas que les papas sirènes existaient, pas vrai ? Eh bien, si. Tu vois comme il y a des choses merveilleuses dans le monde.

Je t'aime, mon chéri. À l'infini et jusqu'à l'inframonde. Ne l'oublie jamais.

Maman

PS : papa m'a dit que tu as une nouvelle amie super qui t'aide beaucoup et qui s'appelle María. C'est chouette ! Je suis sûre qu'elle est très gentille. Ah, sois sage avec papa et essaie de ne pas l'énerver, tu sais comment il est.

Nazia a sorti la carte postale de l'enveloppe et on a regardé le papa sirène. On aurait dit un phoque, mais sans poils et très moche, même qu'il ressemblait beaucoup à Sebastián, le surveillant de la cantine, et ça nous a fait rigoler, tellement que j'ai mouillé un peu mon slip et j'ai dû courir dans les cabinets pour ne pas me faire dessus comme ça m'arrive parfois la nuit à la maison.

Quand je suis revenu, Nazia regardait toujours le sirénien.

« Quand je serai grande, peut-être bien que j'aimerais voyager beaucoup comme ta mère », elle a dit.

Moi, je n'ai rien dit et elle m'a rendu la carte.

« Tu sais quoi ? Je crois que je ne veux plus être princesse. »

Elle a ri un peu, la main devant sa bouche.
« Ah non ?
— Non. » Elle secouait la tête. « Maintenant, je veux être hôtesse de l'air à Dubaï. »
On a ri tous les deux mais tout bas, pour pas qu'on nous entende du couloir.
« Pourquoi ?
— Ben parce que je crois bien que les princesses, elles doivent toujours être à un endroit, sans bouger et sans parler, avec leur voile, comme ma maman à la caisse du magasin mais sans magasin, avec un mari qui est tout le temps là à te surveiller. Et je suis pas sûre sûre que ça me plaira. Ça doit être super d'avoir une mère hôtesse de l'air, non ? Moderne et belle, comme une actrice de Bollywood, mais blonde et sans être obligée de chanter et de danser tout le temps, parce que ça doit être fatigant, à force… »
J'ai senti un truc dur dans ma gorge et j'ai ouvert et fermé les yeux plusieurs fois parce que je pensais à maman et aussi au jour où on était chez Nazia à regarder un album photo et qu'elle m'a montré celle d'un homme qui avait l'air sévère avec une grosse moustache noire. Il était un peu gros, habillé en soldat. Quand je lui ai demandé s'il était de sa famille, Nazia a eu un drôle d'air et elle a fait oui avec la tête.
« C'est Ahmed. Mon promis.
— Ton promis ? Qu'est-ce que c'est ?
— Ça veut dire qu'il sera mon mari, mais pas tout de suite.
— Et tu seras contente de te marier avec lui ? »
Nazia a caché sa bouche avec son voile, mais sans rire. Elle a fait comme ça avec ses épaules et elle a dit :

« Je ne sais pas… En fait, je ne le connais pas, mais mon papa dit qu'il est gentil et qu'il a une maison et une usine très grandes, comme à New York, où plein de gens travaillent avec des machines et beaucoup de bruit.

— Ah. »

On a encore continué à tourner les pages un moment, puis elle a repris :

« Il a trente-deux ans. »

Je n'ai pas su quoi dire. Ni ce jour-là ni ce matin non plus dans les toilettes, quand Nazia s'est approchée et m'a pris la main. C'est pour ça que j'ai regardé par terre et que j'ai avalé un peu ma salive.

« Tu vas voir : ta maman va revenir très vite », elle a dit.

J'ai fait oui avec la tête, mais ma voix n'est pas sortie.

« Peut-être qu'elle pourra venir pour Noël, pour nous voir dans le spectacle !

— Non.

— Elle n'a pas de vacances ?

— Non.

— Ah. »

On est restés silencieux un moment pas très long et alors elle a proposé, en me tirant vers la porte :

« Si on allait jouer dans la cour de derrière avec ma Barbie ? » Comme je ne réagissais pas, elle a ajouté : « Ou alors on pourrait répéter un peu ! On a encore dix minutes avant que ça sonne. Viens ! »

Tout de suite, mes yeux ont arrêté de me piquer. J'ai rangé ma lettre dans la poche de ma blouse et on a descendu l'escalier en courant. En sortant, on a croisé Mlle Sonia et Mlle Adela, qui est la maîtresse des 5e année.

La maîtresse m'a passé la main dans les cheveux, comme ça, comme pour me décoiffer, et elle a fait :

« N'oublie pas que tu as rendez-vous avec María aujourd'hui, Guillermo. »

J'ai dit oui et Nazia et moi on a couru jusqu'à la cour de derrière en se tenant par la main.

« C'est qui, María ? m'a demandé Nazia pendant qu'on mangeait nos tartines de Nutella.

— C'est une dame qui pose des questions dans la maison au fond du jardin.

— Des questions ?

— Oui, et aussi elle me laisse jouer aux Lego.

— C'est bizarre, non ?

— Je sais pas.

— Et pourquoi tu vas là-bas ?

— Papa dit que c'est une conseillère d'orientation.

— Ah.

— Oui.

— Peut-être que c'est parce qu'elle vient d'Orient, comme les Rois mages… » a dit Nazia en s'asseyant au bord du terrain de basket.

Comme j'avais la bouche pleine, j'ai fait non de la tête. En plus, je sais bien que cette histoire de Rois mages qui apportent les cadeaux c'est des bêtises, parce que le coup des chameaux, c'est pas possible, même si Nazia dit que pourquoi pas, peut-être que comme ils sont magiques ils peuvent voler.

« Non, on dit "conseillère d'orientation" parce que… parce que devant sa fenêtre il y a une girouette noire en forme de coq, j'ai expliqué, et que quand tu t'assois sur la chaise la girouette tourne vers l'est, qui est l'orient d'après le monsieur de la météo aux infos du soir. »

Nazia a ouvert grand sa bouche, comme ça, pleine de pain et de Nutella et tout, et m'a regardé si bizarre que j'ai presque eu peur.

« Une girouette ! Comme dans *Mary Poppins* ! elle a crié en me postillonnant dessus des miettes et même un peu de salive. C'est un signe, Guille, j'en suis sûre, comme ceux des détectives américains. »

J'ai réfléchi un peu, puis je me suis rappelé que je n'avais pas fini le dessin que Mme María m'avait demandé comme devoir et ça m'a rendu nerveux parce que et si elle allait me gronder ? Alors j'ai pensé que si mon dessin ne lui plaisait pas je pourrais peut-être lui montrer la lettre de maman et la carte postale du sirénien parce que sûrement qu'elle n'en avait jamais vu, ou peut-être que si.

« Ça sonne, Guille ! a crié Nazia, en se fourrant le reste de sa tartine dans la bouche et en ramassant sa Barbie arabe par terre. Viens, vite, on a gym et tu sais comment est M. Martin quand on arrive en retard. »

On s'est mis à courir ensemble vers la porte parce que M. Martin, ses joues se gonflent comme celles des crapauds quand on n'est pas sages et même des fois il nous donne des punitions comme courir autour du terrain de foot si on oublie nos affaires de gym ou nos chaussures de sport, et moi je pense qu'il nous aime pas trop tous les deux parce que Nazia, ses parents ne la laissent pas se changer à l'école, même quand on a match, et puis c'est toujours nous qu'on choisit en dernier vu que j'ai peur du ballon, mais je m'en fiche parce que comme ça on se cache derrière les vestiaires et on joue à nos jeux à nous sans que personne nous voie.

Et voilà, quoi.

MARÍA

« Donc les Rois mages n'existent pas ? »

Guille était très concentré sur la maison en Lego qu'il était en train de terminer. La langue un peu tirée, il s'appliquait à poser la dernière brique du toit. À le voir aussi absorbé, je me suis rappelé la conversation que nous avions eue, Sonia et moi, quelques jours plus tôt dans la salle des professeurs. Un bref échange, cinq minutes volées entre deux cours. Avec elle, parfois, c'est ainsi. Nous ne sommes ni l'une ni l'autre très portées sur les préambules quand le sujet est important.

À peine assise, j'ai ouvert mon cartable, j'en ai sorti le dernier dessin de Guille et je le lui ai mis sous les yeux.

« Regarde. »

Elle l'a examiné attentivement. Puis elle est revenue sur chaque élément du dessin, le ponctuant du bout du stylo qu'elle avait à la main, sans effleurer le papier. Soudain, le stylo s'est immobilisé au-dessus du père de Guille assis devant son ordinateur. Elle a levé les yeux.

« Mais il… »

J'ai hoché la tête.

« Il pleure, oui. »

Sonia a froncé les sourcils mais elle s'est replongée dans le dessin. Quelques secondes plus tard, posant son stylo sur la table, le front toujours plissé, elle a levé les yeux sur moi.

« Et alors ? Je ne trouve pas anormal que cet homme puisse pleurer. Ce doit être dur de se trouver si loin de sa femme. Peut-être que, quand ils se parlent ainsi, face à face, il se sent un peu dépassé par la situation. Je n'y vois rien de très surprenant. »

J'ai confirmé :

« Non, c'est vrai.

— Et donc ? » a-t-elle repris d'un ton mi-agacé, mi-impatient.

Les cris d'un groupe d'élèves qui passait en courant dans le couloir ont retenti dans la pièce. Sonia a eu un claquement de langue et je me suis levée, contournant la table pour me retrouver debout près d'elle. Alors j'ai posé le doigt sur l'écran dessiné par Guille.

« Ça m'aurait paru normal, à moi aussi, si Guille avait dessiné là un visage féminin. »

Un dixième de seconde, Sonia a froncé un peu plus les sourcils et son front s'est creusé de petites rides. Puis, écartant mon doigt du bout du sien, elle s'est penchée un peu plus sur la feuille.

« Mais… l'ai-je entendue murmurer. Mais c'est la tête de… »

Elle s'est retournée lentement vers moi et nous avons échangé un regard. J'ai acquiescé lentement.

« Oui, c'est encore la tête du père de Guille, pas celle de sa mère. »

***

« Ça y est », a déclaré Guille en face de moi, la main sur le toit de sa maison en Lego.

À ma droite était posé le dessin qu'il m'avait donné en arrivant au cabinet. Je voulais l'examiner pendant que nous discutions.

J'attendais qu'il dise quelque chose, en vain. J'ai décidé de briser le silence en renouvelant l'amorce qu'il n'avait pas relevée.

« Alors, comme ça, les Rois mages n'existent pas ? »

Il a secoué la tête, avec un sourire entendu.

« Non.

— Ah.

— C'est un élève de 6e année qui me l'a dit l'an dernier mais je le savais déjà.

— Ah bon ?

— Ben oui. » Il a levé les yeux et son sourire s'est élargi. Toujours ce sourire lumineux, d'un bonheur presque parfait. « Et le père Noël non plus.

— Eh bien dis donc ! »

Il s'est gratté le nez, puis son regard s'est perdu par la fenêtre.

« En fait, les cadeaux de Noël c'est Mary Poppins qui les apporte. »

J'ai réprimé un sourire. De nouveau Mary Poppins.

« Et comment tu le sais ?

— Parce que avec les chameaux, ça prendrait trop de temps de distribuer tous ces cadeaux, et en plus ils ne savent pas voler. Et les rennes non plus. »

De nouveau, j'ai dû cacher mon amusement. La logique des enfants est parfois si implacable et si… particulière qu'elle ne souffre aucune objection. Pour eux, les choses sont comme elles sont et pas autrement : les rennes et les chameaux ne peuvent pas voler puisqu'ils n'ont pas d'ailes, mais une femme affublée de gros souliers, d'un chapeau à fleur et d'un parapluie qui parle, si.

Guille est resté muet quelques secondes pendant que je détaillais son nouveau dessin. Le jeudi précédent, je l'avais invité à redessiner le bureau de son père. J'avais décidé de lui demander à chaque séance, en guise de devoir, de se concentrer sur une partie précise du dessin qu'il avait tant de fois reproduit depuis le début de l'année.

Tout de suite, j'ai été saisie : la partie supérieure de la feuille était encore envahie de rectangles qui flottaient dans l'air, avec dans un coin une petite fenêtre qui encadrait un visage. En bas, à la base de la feuille, Guille avait de nouveau représenté le bureau de son père, mais quelque chose avait changé : il y avait toujours la table et l'écran, l'armoire coiffée de sa boîte et l'échelle appuyée contre le mur, mais personne n'était assis sur la chaise et Guille s'était dessiné juché sur l'échelle. De là-haut, il montrait du doigt la boîte au sommet de l'armoire.

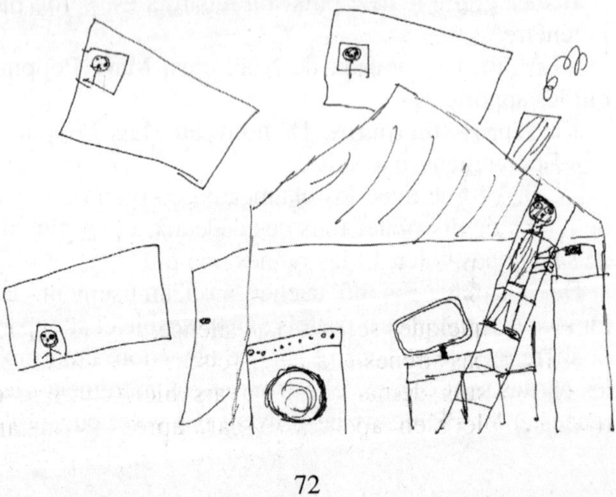

Il m'a semblé évident que tous ces rectangles éparpillés étaient les fenêtres des voisins, qu'on devait voir du bureau.

« Qu'est-ce qu'il y a comme fenêtres ! » me suis-je exclamée.

Il m'a regardée, l'air un peu perplexe, mais n'a rien dit.

« Vous avez beaucoup de voisins ? »

Il a secoué la tête. Puis, après un temps, il s'est décidé à me détromper :

« C'est pas des fenêtres. C'est des lettres. » Voyant mon étonnement, il a ri et en a montré une du doigt. « Enfin, c'est des enveloppes. Les lettres sont dedans, a-t-il précisé, rayonnant. Ça, c'est le timbre. Et elles arrivent par le ciel. En volant. C'est pour ça qu'elles sont dans l'air. »

Cette fois, je n'ai pas montré ma surprise. Ni un intérêt démesuré. J'ai préféré attendre.

« Elles sont de maman.

— Ah, alors ta maman t'écrit. »

Il a fait oui de la tête. Ses yeux brillaient de plaisir.

« Tous les jeudis matin. Très tôt.

— C'est super, non ?

— Oui.

— Elle doit t'aimer très fort pour t'écrire toutes les semaines. Et de si bonne heure. »

Il a semblé hésiter. Puis il s'est lancé :

« Et elle m'envoie des cartes postales, aussi.

— Ah oui ?

— Oui. »

Encore quelques secondes de silence.

« De papas sirènes », a-t-il précisé.

Je me suis demandé si j'avais bien compris et il a semblé s'en apercevoir car, après un instant d'hésitation, il a plongé la main dans la poche de sa veste avec un petit rire ravi pour en sortir une enveloppe de couleur mauve. Il allait me la tendre quand sa main est restée en suspens en l'air, comme si quelque chose qui lui avait soudain traversé l'esprit l'avait stoppé net.

Il a paru me jauger du regard, un sourire non plus joyeux mais incertain aux lèvres. Puis, rapidement, il a ouvert l'enveloppe et en a tiré une feuille de papier manuscrite et la carte postale, qu'il m'a données. Sans l'enveloppe.

J'ai pris quelques minutes pour lire la lettre puis, après avoir regardé la carte postale, j'ai parlé avec lui des sirènes. Je lui ai demandé si je pouvais photocopier la lettre et il a accepté.

J'ai consacré le reste de la séance à lui poser quelques questions sur les préparatifs de son numéro musical pour le spectacle de l'école ainsi que sur le nouveau dessin qu'il m'avait apporté. À la façon dont il s'y était mis en scène, sa volonté d'attirer mon attention sur la boîte était manifeste.

Quand je lui ai demandé ce que c'était, il a répondu : « C'est le coffre aux trésors. » Puis, baissant la voix : « Mais c'est un secret. »

Encore un secret, me suis-je entendue penser.

J'ai baissé le ton, moi aussi :

« Alors on ne le dira à personne, d'accord ? »

Il n'a pas souri. Au contraire, il m'a regardée, l'air grave.

« Mais à personne, personne, madame María », a-t-il chuchoté, en jetant un coup d'œil furtif vers la porte.

J'ai pris sa main et je l'ai serrée.

« C'est promis, Guille. À personne », lui ai-je assuré.

Il m'a paru se détendre.

« C'est parce que si papa apprend que des fois je monte et que j'ouvre le coffre aux trésors pour voir… pour voir maman, il pourrait mourir de tristesse et ça serait trop tard parce que je serai pas grand avant encore longtemps. »

Je n'ai pas su quoi dire. Le petit soupir dont il avait ponctué ce « voir maman » m'a tellement désemparée que j'ai fixé son dessin pour gagner un peu de temps. Quelque chose de ce vacillement a erré dans le silence du bureau, flottant au-dessus de nous comme une poche d'air épais.

Quelques minutes plus tard, alors que je regardais de la fenêtre Guille partir avec son père, j'ai senti mon estomac se nouer. Ils s'éloignaient main dans la main, et leurs silhouettes de dos étaient semblables à celles de tous ces pères et fils repartant ensemble de l'école, mais il y avait quelque chose de différent. Quelque chose qui clochait. J'ai continué à les observer et soudain je l'ai vu :

Guille tirait son père.

Mais pas comme le fait un enfant qui devance l'adulte parce qu'il est impatient, ou excité, ou parce qu'il est pressé de rentrer chez lui. Non, Guille tirait son père comme un petit remorqueur tracte un navire épuisé et à la dérive pour le ramener au port. Comme on tire un poids mort, ai-je pensé, très précisément.

En les regardant de la fenêtre, j'ai soudain compris que Sonia avait vu juste et que son intuition ne l'avait pas trompée : il y avait bel et bien un iceberg et la gaieté affichée de Guille n'en était que la partie visible.

En dessous, l'ombre grise et solide de la glace semblait réunir le père et le fils, halo de mystère qui affleurait à leurs pieds tandis qu'ils s'éloignaient ensemble dans le silence du soir.

GUILLE

« Le coffre aux trésors ? »

Nazia et moi on prenait notre goûter chez elle. Sa cuisine, elle est tout petite, elle n'a pas de fenêtres, et c'est aussi la salle à manger, le salon, et là où dorment ses parents, parce qu'ils ont un canapé qu'ils ouvrent le soir, avec le matelas et tout. Nazia ne me l'a jamais dit mais moi je crois qu'il est magique comme un tapis volant, parce que sûrement qu'au Pakistan des fois ils ont des tapis pour quand Aladin vient et d'autres fois ils ont des canapés pour se reposer.

Certains jours quand on rentre de l'école, Rafiq, le grand frère de Nazia, est en train de faire la sieste sur le canapé, alors il faut parler tout doucement et goûter sans faire de bruit, parce que si on le réveille il se met en colère et Nazia dit qu'après il va rapporter à son père. Quand Rafiq s'en va, Nazia ramasse son assiette et ses chaussons pendant que ses parents travaillent au magasin parce qu'elle dit que c'est ce qu'elle devra faire quand elle se mariera avec le gros monsieur à moustache de l'album photo alors comme ça elle s'habitue, mais là Rafiq n'était pas là vu que le mardi il va aider son oncle à sa téléboutique, alors on a fini nos devoirs et j'ai mis mon verre de Cola Cao dans l'évier. Comme en rentrant de l'école j'avais raconté à Nazia que jeudi Mme María m'avait demandé de dessiner le coffre aux trésors, elle me regardait comme ça, les sourcils un peu rapprochés, en attendant que je lui raconte.

« Le coffre aux trésors, c'est une boîte que papa garde en haut de l'armoire avec des trucs super de maman pour pas que je les voie, j'ai expliqué, mais quand il est pas là des fois je monte sur l'échelle et je l'emporte à la cuisine pour regarder ce qu'il y a dedans.

— Et pourquoi ton père ne veut pas que tu les voies ?

— Parce que c'est des choses de grands.

— De grands ?

— Oui.

— Mais de grands comme les films américains de discothèque ou de grands comme se marier et avoir des enfants ?

— J'en sais rien. »

Nazia a fait une tête pas très convaincue.

« Mais tu dois dessiner juste le dehors du coffre ou aussi le dedans ?

— Le dehors et le dedans. »

Nazia a grimpé sur la marche en bois devant l'évier et s'est mise à laver les verres et les assiettes. En les séchant, elle m'a proposé :

« Si tu veux, je t'aide.

— Je sais pas trop. »

On s'est assis à la table et vu que je ne savais pas comment dessiner à la fois le dehors et le dedans de la boîte, parce que sur la même feuille c'est pas possible,

Nazia a dit que le mieux c'était de le faire comme si on regardait d'en haut la boîte ouverte. Puis elle m'a donné un crayon.

Je l'ai regardée, sans faire un geste.

« En fait, comme c'est un secret parce que c'est la boîte de papa, peut-être qu'il ne faut pas que tu le voies, j'ai dit.

— Ah.

— Ben oui.

— Bon, alors je me cache les yeux avec mon voile, comme ça je vois pas. » Elle a baissé son voile sur ses yeux, avec un petit rire. Juste avant, elle a jeté un coup d'œil au réveil sur le frigidaire. « Mais dépêche-toi, Rafiq va bientôt rentrer et on ne va pas avoir le temps de répéter.

— OK. »

Quand j'ai été sûr qu'elle ne regardait pas, je me suis mis à dessiner. J'ai eu un peu de mal parce qu'au début tout ne tenait pas sur la feuille et j'ai dû gommer plusieurs fois. En plus, j'avais juste un crayon. À la fin, j'ai eu une idée pour aller plus vite et pouvoir mettre tout ce qu'il y a dans le coffre. Enfin, presque tout.

« Ça y est ? » a demandé Nazia.

J'ai dit que oui sauf qu'il manquait encore un truc, mais que je ne savais pas comment faire, parce que papa le cache toujours tout au fond pour pas que je le trouve et là je n'avais plus de place. Puis, pendant que je sortais les déguisements de mon sac de sport pour répéter, parce que comme ses parents ne la laissent pas se déguiser Nazia veut toujours que je les emporte, j'ai pensé que je pouvais le dessiner sur l'autre face et puis voilà. On a allumé l'ordinateur et on s'est mis à chanter, mais pas longtemps, parce que quand Nazia a recommencé à se tromper dans les paroles de la chanson et qu'elle a dit trois fois « Superdarifisticolidous » je me suis un peu énervé, enfin un peu beaucoup, alors elle s'est tue et elle a dit, en se cachant la bouche derrière son voile :

« Mais… j'y arrive pas, Guille. C'est vraiment difficile. »

On est restés muets un moment pas très long et puis on a réfléchi, et alors j'ai pensé à Mary Poppins et aussi à ce que dit maman quand je ne sais pas faire ou que j'ai peur de quelque chose : « Essaie le contraire, Guille », elle dit toujours. J'ai regardé Nazia.

« Et si on essayait le contraire ? » j'ai proposé.

Elle m'a regardé bizarre et elle a mis sa main devant sa bouche mais sans rire ni rien.

« Le contraire ? Comment ça ?

— Je sais pas. Le contraire. »

On a été silencieux un moment. Dehors, on entendait le « gling-gling » de la caisse enregistreuse et le « sshhh » que font les sacs en plastique quand la mère de Nazia met les courses dedans pour que les gens les emportent chez eux.

« Peut-être qu'on pourrait faire autre chose pour le spectacle, a dit Nazia en se grattant la tête sous son voile. Plus facile. »

J'ai senti une boule là, dans ma gorge, et mes yeux se sont mis à piquer un peu, mais elle a continué :

« On pourrait raconter une histoire, par exemple. » La boule prenait de plus en plus de place dans ma gorge. « Un conte de fées.

— Un… conte de fées ?

— Ou alors… une histoire d'hôtesses de l'air qui voyagent tout le temps comme ça elles n'ont pas à être des princesses et à rester à s'ennuyer chez elles ! »

J'ai avalé la boule et j'ai fait non de la tête, les yeux au sol.

« Non, c'est Mary Poppins qu'il faut faire.

— Pourquoi ?

— Parce que sinon ça ne sera pas magique et ça ne marchera pas. »

Nazia m'a regardé bizarre, mais elle a fait oui de la tête, un peu lentement.

« Ah, d'accord. »

On s'est assis sur le canapé pendant que la chanson de Disney Channel défilait sur l'écran de l'ordinateur, avec les paroles comme ça, écrites en gros pour qu'on puisse les voir de très loin et bien chanter, et alors j'ai vu les déguisements sur la table.

« Je crois que j'ai trouvé ! j'ai fait.

— Ah oui ? elle a dit, en faisant comme ça avec les épaules, vers le haut.

— Oui ! Tu vas voir ! »

MARÍA

Hier, Guille est arrivé au cabinet un peu en avance : à 17 h 47 précises. Je relisais une note de synthèse et, en entendant la sonnette, j'ai fait quelque chose qui n'est pas dans mes habitudes : avant d'ouvrir, j'ai regardé par la fenêtre. Un geste instinctif, sans raison particulière. Debout devant la porte d'entrée, il lisait un papier jaune, tout griffonné et froissé, pour ce que je pouvais en voir. Guille se balançait d'un pied sur l'autre et triturait le bout de papier d'une main en se grattant distraitement le cou de l'autre. J'allais m'écarter de la fenêtre quand un coup de vent a agité légèrement la girouette et le grincement métallique a tiré Guille de ses pensées. Il a brusquement tourné la tête vers la fontaine et, un dixième de seconde, j'ai pu voir ses yeux.

Je suis restée clouée sur place, avant d'avoir la présence d'esprit de me rejeter en arrière, pour éviter qu'il me voie.

Je venais de réaliser que, pour la première fois depuis que je connaissais Guille, je lui voyais le regard d'un enfant de neuf ans.

« L'iceberg », disait la voix de Sonia dans ma tête, pendant que j'allais à la porte. Quand j'ai ouvert, le bout de papier avait disparu.

« Tu arrives tôt. »

Il a acquiescé, sans mot dire. Je me suis écartée pour le laisser passer et il est entré d'un pas résolu dans mon bureau pour aller s'asseoir sur sa chaise. Je l'ai suivi. Dès que j'ai pris place à mon tour, il a ouvert une chemise en carton et a posé sur la table le dessin du jour, qu'il a poussé vers moi.

« Le coffre aux trésors, a-t-il signalé.

— Merci. »

J'ai réprimé un sourire en voyant son travail. Manifestement, il avait voulu représenter le contenu du « coffre » vu de dessus : il y avait encore quelques traces d'objets dessinés puis gommés à l'intérieur de la boîte. Quand il avait tenté de reproduire à l'identique le contenu du coffre, il s'était rendu compte qu'il ne savait pas comment rendre une superposition d'objets et, après différents essais, il avait trouvé une solution qui en disait bien plus sur lui que n'importe quel dessin.

Plutôt que de représenter, il avait pris le parti de décrire, et pour cela il avait divisé en deux sa feuille, intitulant la première moitié « Grenier » et la seconde « Rez-de-chaussée ». Pour chaque partie, il avait établi une liste d'objets accompagnés d'une brève description :

GRENIER

1 - La boîte à bijoux-tortue de maman qui brille un peu avec dedans un collier, des boucles d'oreilles

qui brillent des fois et des fois non et une montre qui a l'air en or et très chère.

2 - Une petite boîte noire comme une petite boîte à chaussures avec des photos de moi, d'autres de maman dans son uniforme d'hôtesse de l'air devant un avion tout propre et d'autres je ne sais pas de quoi parce qu'elles sont d'il y a très longtemps quand je n'étais pas né.

3 - Un dossier marron sans élastique avec écrit « emprunts (maison/voiture) ». Et aussi « factures en attente ».

4 - Deux livres en anglais qui ne sont pas Mary Poppins parce qu'il n'y a pas de dessins ni de chansons.

5 - Un cahier vert avec un bord doré et un cadenas petit comme dans les contes et qui ne s'ouvre pas.

REZ-DE-CHAUSSÉE

1 - Un ours en peluche qui s'appelle « Renato » avec une étiquette écrite par papa, qui dit : « N'oublie jamais de revenir à notre tanière. Il y a un an pile notre premier baiser. »

2 - Un jeu de cartes avec un magicien en couleurs et « Tarot de Marseille » écrit sur la boîte

3 - Un foulard bleu qui sent beaucoup maman même si elle est loin.

4 - Une grande photo avec un cadre en bois foncé de papa et maman avec plein de gens tout contents, même qu'elle porte une robe blanche et des fleurs dans les cheveux et papa une veste noire un peu trop grande, mais bon.

5 – Plein de lettres attachées avec un ruban bleu, moins de cent mais plus de cinquante ou peut-être pas.

Après avoir lu à voix haute, j'allais ranger la feuille dans le dossier de Guille quand il a agité timidement la main devant lui et a soufflé :

« En fait… il manque le reste. »

Je l'ai regardé sans comprendre.

« Le reste ? »

Il a chuchoté :

« Derrière. »

Et, tendant la main, il a retourné la feuille. Au verso, Guille avait parachevé sa liste toute personnelle de la sorte :

CAVE

1 – L'album en cuir marron qui est caché tout au fond pour que personne ne le trouve parce que comme c'est le trésor de papa et que c'est un secret, il vaut mieux pas.

L'espace d'un instant, je n'ai pas su quoi dire. Manifestement, Guille avait ajouté l'album à la dernière minute, car l'écriture, non plus au stylo mais au feutre, était moins soignée que le reste de la liste.

« Ah, l'album en cuir marron… »

J'ai reposé la feuille sur la table. Guille ne me quittait pas des yeux. J'ai voulu tâter le terrain.

« Mmm… il est vraiment tout au fond du coffre, hein ?

— Oui.

— Si ton papa le cache aussi bien, c'est qu'il a certainement beaucoup de valeur. »

Il a détourné le regard, en hochant la tête.

« Il doit y avoir tout un tas de choses mystérieuses et passionnantes, dedans. »

Guille s'est trémoussé sur sa chaise, mal à l'aise. Silence.

J'ai attendu. Il a dégluti avec effort, a plongé la main dans sa poche et s'est mis à tripoter quelque chose ; au léger froissement, j'ai compris qu'il s'agissait du bout de papier jaune que je l'avais vu regarder dehors quand il attendait que je lui ouvre.

« On ne joue pas aux Lego aujourd'hui ? » a-t-il demandé sans lever le nez.

En l'entendant, j'ai su que quelque chose ne tournait pas rond. C'était bien sa voix mais le timbre était différent. D'une couleur que je ne lui avais jamais entendue et qui m'a alertée. Un ton comme étranglé. Avec plus de souffle que de son.

De l'angoisse. C'était de l'angoisse.

« Mais si ! ai-je dit. Tu veux ? »

Il a hoché la tête plusieurs fois et je me suis levée pour aller prendre la boîte de Lego dans l'armoire. Je lui tournais le dos, occupée à sortir la boîte, quand je l'ai entendu dire :

« En fait, c'est l'album de maman. »

Je me suis retournée : Guille triturait son bout de papier sur ses genoux et me fixait, l'air si concentré que j'ai préféré rester où j'étais et respecter la distance physique qui nous séparait. Il y avait quelque chose de nouveau dans ses yeux. Et l'envie de le partager.

« Ah, mais oui ! Voilà pourquoi il a autant de valeur, me suis-je exclamée, avec un sourire léger. Parce qu'il contient des photos de ta maman qui pour ton père sont un trésor. »

Sa jambe s'est mise à tressauter. D'abord lentement, puis de plus en plus vite.

« Non », a-t-il lâché.

Je me suis adossée au rayonnage, j'ai pris une grande inspiration et je l'ai regardé assis là, avec son tic nerveux de la jambe et sa main qui malaxait son bout de papier pendant que les secondes s'égrenaient et que le silence envahissait la pièce.

Voyant qu'il n'en disait pas plus, je me suis décidée à intervenir :

« Guille, est-ce qu'il y a quelque chose dont tu voudrais me parler ? »

Silence.

Je me suis approchée, j'ai contourné le bureau et je me suis accroupie à sa hauteur. Ce faisant, j'ai remarqué qu'il y avait à ses pieds un autre papier, identique à celui qu'il tenait. Ils étaient de même couleur et de même taille, et j'ai réalisé que c'étaient des Post-it. Celui qui était par terre devait être tombé de sa poche.

« Tu as laissé tomber un papier », lui ai-je signalé, essayant de briser la spirale dans laquelle il semblait pris.

Il a baissé le nez et a paru se recroqueviller sur lui-même.

« Oui. »

C'est tout.

« Guille... »

J'ai posé la main sur son genou et sa jambe a cessé de trembloter, comme si mon contact lui avait fait l'effet d'une décharge électrique, mais il était toujours muet, les deux mains crispées sur son Post-it. Enfin, il s'est décidé :

« C'est que… hier il y a eu un truc », a-t-il dit d'une petite voix étranglée.

C'était donc ça.

« Ah oui ? ai-je fait d'un ton que j'ai voulu anodin. Ah bon… » Je me suis redressée lentement et je me suis assise sur le bureau à côté de lui, en croisant les jambes. « Et ce truc qu'il y a eu, c'est un truc… grave ? »

Silence.

« Tu veux me raconter ? Ou tu préfères qu'on joue un peu aux Lego ? »

Il a tardé à répondre. Avant, il a levé les yeux vers la pendule.

« Ben… C'est un peu long. »

J'ai regardé l'heure aussi. 18 h 23.

« Ne t'inquiète pas pour ça, l'ai-je rassuré. Nous avons le temps. »

Il a regardé ses mains en soupirant.

« Bon. » Il a jeté un nouveau coup d'œil à l'horloge puis un autre, furtif, du côté de la porte. « Et si papa arrive ?

— S'il arrive et que nous n'avons pas fini, il attendra dans l'entrée. »

Nouveau silence. Derrière la vitre, la girouette s'est remise à grincer et Guille a cligné des paupières. J'ai encore attendu quelques secondes, puis je me suis levée et je suis allée me rasseoir à ma place. Alors que je me demandais s'il allait se lancer, il s'est penché et a ramassé le Post-it par terre, qu'il a doucement déposé sur le bureau. Puis il m'a regardée droit dans les yeux.

« J'en ai d'autres. »

Comme je l'encourageais d'un sourire, il a attrapé son cartable, l'a ouvert et en a sorti une poignée de feuillets qu'il a posés à côté des deux autres. Ensuite, il a poussé l'ensemble vers moi.

« Pour moi ? »

Il a fait oui de la tête, avec un sourire timide. Il avait l'air plus apaisé.

« Alors il va falloir les mettre dans l'ordre.

— Oui. »

Encore une pause. Enfin, Guille s'est gratouillé la figure et, après un gros soupir, il s'est mis à parler.

GUILLE

Alors donc, comme Nazia n'arrive pas à bien chanter parce qu'elle se trompe tout le temps dans les paroles et que le spectacle est dans vraiment pas longtemps, j'ai proposé d'essayer le contraire. Elle, elle ferait Bert, le ramoneur qui peint aussi par terre dans le parc, et moi, Mary Poppins, parce que comme Bert n'a qu'à danser avec le balai et chanter « dindindindantidindindindan » deux ou trois fois et une strophe super facile qui fait : « Parce que j'avais, étant petit, pas envie de parler/ Papa, en rage, m'a tordu le nez et se mit à m'blâmer/ Quand un jour, inspiré, j'ai pu faire la belle invention/ De ce très long mot recommandé pour la prononciation/ Oh ! C'est vrai que ce mot trop long est parfaitement atroce/ Mais faut le dire et vous serez à la page et plus précoce », eh ben voilà, quoi.

« Je mettrai ton déguisement et toi le mien », j'ai dit à Nazia.

Elle a gloussé un peu, la main devant la bouche. Puis elle a regardé vers la porte, qui est un rideau à lanières en plastique, et elle a fait non de la tête.

« Je peux pas.

— Pourquoi ?

— Parce que c'est un déguisement de garçon, avec un short et tout.

— Évidemment, Bert est un garçon, tu ne te rappelles pas ?

— Si.

— Ben alors ?

— Alors… mon frère ne veut pas.

— Pourquoi ?

— Parce que j'ai pas le droit.

— Mais puisque c'est pour de faux ! » J'ai essayé de rire, mais je n'ai pas vraiment réussi. « C'est juste pour jouer. Ça ne compte pas. »

Nazia m'a regardé vite fait, puis la porte, puis elle a dit :

« Tu es sûr ?

— Mais oui ! »

Elle a ramassé le short de mon déguisement sur le canapé, qui est en fait mon short de sport, et elle l'a posé devant elle, comme ça, comme un tablier.

« Mais juste pour essayer, hein ? elle a dit.

— OK. »

Comme il faisait froid dans la cuisine, on a enlevé nos vêtements à toute vitesse pour se changer, moi derrière le canapé et elle du côté de la télé parce qu'on était un peu gênés. Nazia était en culotte et moi en slip quand le rideau en plastique de l'entrée a fait « sshhh » et tout d'un coup il y avait Rafiq qui nous regardait de là, l'air super en colère avec sa bouche qui faisait un grand O. Il s'est précipité vers l'armoire, il a pris sur une étagère une couverture toute bariolée comme un tapis de Sinbad le marin et il a enveloppé Nazia avec, en criant des trucs que je ne comprenais pas et qui étaient sûrement en pakistanais, parce que des fois quand sa mère l'appelle sur son portable après l'école Nazia parle comme ça, très, très vite, et ça fait « lihilihalihihliha » tout du long, comme de chanter avec que des l et des h, toujours pareil mais différent.

Puis Rafiq m'a regardé et il a hurlé en faisant de grands gestes dans l'air avec ses mains :

« Et toi, quoi attendre là ? Changer vêtements, rhabille et dehors. Allez, allez, rapidos ! »

Alors je me suis dépêché d'enfiler mon pantalon et mon tee-shirt, et aussi mon pull et mon anorak, et même je me suis fait un peu pipi dessus, juste quelques gouttes, pendant que je rangeais les déguisements dans le sac et que je détalais par le rayon des gâteaux jusque dans la rue. Dans la cuisine, Rafiq continuait à crier des choses en pakistanais, de plus en plus fort, et Nazia aussi, mais elle en pleurant je crois, et la mère de Nazia, qui était à la caisse, s'est levée en me voyant passer et elle a commencé à dire quelque chose, mais je sais pas quoi parce que j'ai couru aussi vite que j'ai pu jusqu'à mon immeuble et j'ai monté l'escalier toujours en courant vu que l'ascenseur est cassé depuis lundi avec le panneau rouge. Comme papa était à la salle de sport, puisqu'on était mardi et que le mardi il a kickboxing, je suis allé dans ma chambre et j'ai mis mon pyjama et mon DVD de Mary Poppins, le moment où ils chantent et ils dansent tous ensemble sur les toits de Londres avec les ramoneurs, qui est une des scènes que j'aime le plus, et puis c'est tout.

Enfin, non.

Il y a eu hier aussi.

Mais ça c'est différent parce que c'est autre chose.

Le truc d'hier, c'est que Nazia n'est pas venue en classe, le matin. Je n'ai pas osé demander à la maîtresse si elle savait pourquoi. J'avais peur que Rafiq ou ses parents se soient fâchés très fort et qu'ils aient appelé le gros monsieur à moustache de l'album photo pour qu'il vienne du Pakistan pour chercher Nazia et l'emmener dans un harem à cause de moi, mais ensuite j'ai pensé qu'elle avait peut-être attrapé un rhume en restant en culotte par ce froid, alors bon.

J'ai rien dit et j'ai attendu toute la journée, d'abord jusqu'à la récré puis jusqu'à l'heure du déjeuner, mais rien. L'après-midi, Nazia n'était pas là non plus et après l'école je ne suis pas passé au magasin parce que j'avais peur de tomber sur Rafiq. Alors aujourd'hui, quand je l'ai vue arriver en classe et s'asseoir à côté de moi comme tous les jours, d'abord je me suis trouvé tout bête et puis je lui ai dit bonjour.

Elle m'a regardé et elle a fait non, comme ça, avec la tête et aussi elle s'est un peu caché le visage avec son voile.

« Non ? » j'ai dit, pendant que Mlle Sonia effaçait du tableau les exos de maths d'hier soir pour écrire les questions du contrôle d'espagnol. Mais comme elle ne disait rien, j'ai ajouté, plus bas parce que le cours avait commencé : « Quoi, non ? »

Nazia m'a regardé vite fait de côté puis elle a ouvert son pupitre. Elle a pris une feuille jaune d'un de ces petits blocs de papier qui collent d'un côté et elle a écrit quelque chose, puis elle me l'a passée.

Mes parents ne veulent plus que je te parle. Rendez-vous dans les toilettes à la récré.

Alors la matinée est passée très mais très lentement, sans parler ni rien : d'abord on a eu une dictée et un contrôle puis dessin, avec le quadrillage et tout, c'est la barbe, j'y arrive jamais. Puis la cloche a sonné et

Nazia s'est levée la première, et à la porte elle m'a regardé comme ça, un coup d'œil rapide comme font les espions dans les films de James Bond pour se dire des trucs secrets, et alors j'ai attendu un petit moment avant de sortir moi, au cas où.

« J'ai pas le droit de te parler, elle a dit dès que je suis arrivé dans les toilettes du bout du couloir et qu'on s'est enfermés dans un W.-C. qui sentait pas très bon parce que le jeudi les élèves de maternelle sortent en récré avant nous et que des fois ils vont aux cabinets du premier étage. Mon frère et mon père se sont fâchés super fort et ils ne voulaient pas que je revienne à l'école, plus jamais, mais ma mère a dit que je devais aller en classe et que je ne peux pas manquer parce que si je manque, Mme Amalia, l'assistante sociale, va venir et qu'alors on aura des problèmes. Quand maman a parlé de Mme Amalia, Rafiq est devenu tout rouge et il a dit : “Ah non, non, ça non, alors”, et aussi que j'avais plus le droit de te parler au moins jusqu'aux vacances, qu'après on verrait, parce qu'à Noël on va peut-être aller au Pakistan voir mes cousins, et ils vont demander à la maîtresse qu'elle me change de place et qu'elle me mette à côté d'une fille. C'est le Coran qui le dit, le Coran, il dit plein de choses, tellement que là je ne me souviens plus de tout parce que c'est un très gros livre, comme le livre d'espagnol mais en plus gros, et très compliqué. »

Pendant que Nazia parlait, je déballais le sandwich que papa m'avait préparé hier. Parce que comme il se couche si tard pour parler avec maman sur l'ordinateur, le matin il n'arrive jamais à se lever, il est trop fatigué. Mais du coup, je n'avais plus faim.

« Mais… mais… si tu ne peux plus me parler… on va faire comment pour répéter ? » j'ai demandé à Nazia.

Elle a mis dans sa bouche un morceau de chausson, de ceux que sa mère prépare avec de la viande et du piquant, et elle a regardé par terre comme si elle avait fait tomber quelque chose.

« Ils ne veulent pas non plus pour le spectacle. »

J'ai senti mes yeux commencer à me piquer, d'abord un peu, puis plus, et aussi un froid bizarre qui montait dans mon dos jusqu'à ma tête et une grosse boule qui m'empêchait d'avaler. Je voulais dire plein de choses mais je ne savais pas par où commencer parce que c'était tout mélangé, comme les puzzles de cent pièces ou même plus de châteaux en Bavière, là où vivait Sissi, du genre de celui que papa a commencé sur la table du salon depuis que maman est partie et qui est resté en plan. Enfin, presque pareil.

« Alors… on ne fera pas notre numéro ? » Nazia ne me regardait toujours pas. « Et on ne pourra plus jamais parler ensemble ? Et… et tu ne viendras plus à la maison ? On ne jouera plus ? Et avec qui tu vas goûter, alors ? »

Elle a fait non comme ça, de la tête, très très lentement, comme si elle pensait, mais les yeux fermés.

« Non, plus de spectacle. Plus de goûters. »

C'est là qu'on a entendu les jumeaux Rosôn et Javier Aguilar se mettre à s'insulter dans la cour puis quelqu'un a crié : « Baston, baston ! » Ensuite c'est la voix de M. Estévez, le prof de maths, qui a un seul gros sourcil noir qui lui prend tout le front à force de tellement réfléchir, qui a fait : « Ça suffit ! J'ai dit "ça suffit" ! Toi, tu files chez le directeur, et vous, venez avec moi, petits vauriens. »

Et puis on n'a plus rien entendu.

Nazia m'a regardé et elle m'a souri, mais sans le foulard ni rien.

« Mais… tu es mon amie… j'ai encore tenté.

— Oui. »

Brusquement, j'ai pensé à un truc :

« Peut-être qu'ils vont juste te punir jusqu'aux vacances et que quand tu reviendras du Pakistan ils auront oublié et ils ne t'en voudront plus. »

Elle n'a rien dit.

« Et peut-être qu'on ne va pas te changer de place et qu'on pourra s'écrire des mots. Comme ça, personne ne saura. Et aussi on peut se retrouver ici aux récrés. On s'est jamais fait prendre. »

Nazia m'a regardé bizarre puis elle a attrapé ma main et elle a dit d'une toute petite voix :

« Guille, il faut que tu fasses notre numéro toi tout seul.

— Tout seul ?

— Oui.

— Mais…

— Et que tu chantes plein de fois le mot magique de Mary Poppins sans te tromper pour qu'il arrive quelque chose avant Noël et que tout s'arrange, parce que sinon… » Elle s'est tue d'un coup et elle a respiré fort une, deux, trois fois. « S'il te plaît, s'il te plaît, s'il te plaît. Dis oui… »

Puis elle n'a plus rien dit du tout parce que la première cloche a sonné mais elle ne me lâchait pas la main, qui bougeait comme ça, qui n'arrêtait pas de bouger toute seule, et j'étais gêné parce que j'avais bien vu qu'elle avait la voix qui tremblait beaucoup mais je ne savais pas si je devais la serrer dans mes bras, comme maman me serre quand j'ai peur la nuit, ou regarder par la fenêtre, comme fait papa quand on voit un film ensemble le dimanche après-midi après manger et qu'il y a une scène triste et qu'alors il se met à avaler sa salive encore et encore et à regarder vite fait ailleurs mais moi je garde les yeux fixés sur la télé parce que je sais qu'il n'aime pas que je le voie.

Puis Nazia m'a pris l'autre main et elle a murmuré, comme ça, vite, vite :

« Promets-le-moi, Guille. S'il te plaît, s'il te plaît, s'il te plaît. Tu promets ? »

MARÍA

Le tic-tac de l'horloge a envahi soudain la pièce tandis que Guille laissait son regard errer sur les murs, la tête rentrée dans les épaules. Dans le couloir, son père l'attendait déjà. Quand il avait pris place avec un petit soupir sur la chaise, quelque chose – sans doute un stylo – avait roulé par terre et il avait lâché un juron entre ses dents.

Dans les yeux de Guille flottait un mélange d'angoisse et d'interrogation.

À l'horloge, il était 18 h 57.

« Ne t'inquiète pas, lui ai-je répété. On a le temps. »

Dès que Guille avait commencé à raconter ce qu'il s'était passé avec Nazia, ses mains s'étaient mises à déplier, lisser puis replier le Post-it ramassé par terre. Tous les autres formaient un petit tas devant lui.

Dans le silence qui nous enveloppait, Guille a posé la main sur le petit tas et l'a poussé vers moi. C'était un geste timide, mais complice, aussi.

« C'est pour moi ? » me suis-je enquise, sans y toucher.

Il a fait oui de la tête et a souri. Un pâle sourire, sans joie. À la vue des pattes de mouche brouillonnes sur le premier Post-it, j'ai compris qu'au moins pour certains, ce n'était pas lui qui avait écrit.

« Ce sont les petits mots que vous vous êtes passés, Nazia et toi, après votre discussion dans les toilettes ?

— Oui. » Puis, après s'être gratté le genou, la tête un peu penchée, il s'est repris : « Enfin non, moi, je n'écris pas. C'est Nazia qui écrit. »

J'ai regardé de nouveau la pile de bouts de papier.

« Ah. Et pourquoi ? »

Il a soufflé par le nez, comme si la réponse tombait sous le sens.

« Ben, parce que c'est elle qui est punie et qui n'a pas le droit de parler. Moi, j'ai le droit. »

La logique irréfutable de la réponse m'a arraché un sourire que j'ai camouflé avec une petite toux sèche.

« Ah oui, bien sûr. »

Il a de nouveau regardé l'heure.

« Tu veux que je les garde pour toi ? » lui ai-je proposé, sans faire un geste en direction des papiers.

Il a paru peser le pour et le contre. Juste quelques secondes.

« Oui. » De nouveau, il a jeté un coup d'œil du côté de la porte puis s'est penché vers moi et, baissant la voix : « Parce que si je les faisais encore tomber, mais à la maison ce coup-là, et que papa les trouve… »

Il a secoué la main, en écarquillant des yeux ronds comme des billes.

« Tu crois qu'il se fâcherait ? »

Il a hoché énergiquement la tête.

« Un peu. Ou même beaucoup.

— Pourquoi ? »

Il s'est mordu la lèvre inférieure, puis, après s'être gratté le nez :

« Ben… C'est un secret.
— Ah.
— Oui.
— Bon, alors si c'est un secret, on ne le dira à personne, d'accord ?
— D'accord. »
Il m'a regardée comme s'il attendait que je lui pose la question mais j'ai décidé de ne pas le faire. Je préférais le laisser donner le tempo. Derrière la porte, le père de Guille s'est raclé la gorge et a remué sur sa chaise. Guille a dégluti et, promenant sa main sur le bois verni de mon bureau, il a dit tout bas :
« Ben en fait… Je vais faire le numéro pour le spectacle de Noël.
— Ah, très bien. » L'horloge affichait 19 h 04. « Et tu vas chercher quelqu'un pour remplacer Nazia ? »
Il a secoué la tête.
« Alors il n'y aura que Bert qui chantera ? »
Guille a baissé le nez sur ses chaussures et s'est remis à caresser la surface du bureau.
« Non. » Lentement, très lentement, ses yeux ont erré autour de lui, comme en quête de quelque chose, jusqu'à ce qu'enfin ils rencontrent les miens. Alors il a repris, presque dans un chuchotement : « C'est moi qui vais faire Mary Poppins. » Puis, avec un petit sourire, qui s'est vite effacé : « Sans Bert ni rien. Je vais que chanter et presque pas danser, parce que avec le déguisement c'est vraiment pas pratique, mais bon. »
Je n'ai pas bronché. J'attendais la suite.
« Vous ne direz rien à papa, hein ? a-t-il fait en glissant un coup d'œil vers la porte.
— Je te le promets.

— C'est parce que, si je ne chante pas le mot magique, Nazia va devoir partir à Noël et papa n'ira jamais mieux et… »

Derrière la porte, Manuel Antúnez a toussoté de nouveau. Une espèce de sifflotement a suivi, que j'ai identifié comme venant de son portable : un message.

Guille a eu un clignement rapide des paupières.

« Je devrais peut-être y aller.

— Tu veux ? »

Il a haussé les épaules et ses yeux se sont arrêtés sur la feuille qu'il m'avait remise à son arrivée. Soudain, en suivant son regard, son coffre aux trésors et sa liste me sont revenus à l'esprit et je me suis rappelé ce que nous avions laissé en suspens.

L'album en cuir marron.

J'ai rembobiné mentalement notre conversation jusqu'au point précis de ma dernière question et de sa réponse.

« Une dernière petite chose avant que tu t'en ailles… » ai-je fait en le voyant se pencher pour ramasser son cartable. Il m'a regardée et a jeté un coup d'œil furtif au dessin. Puis il s'est statufié comme un chat ébloui par les phares d'une voiture. « Il y a quoi, exactement, dans cet album en cuir marron, Guille ? »

UN BOUQUET
DE FLEURS BLANCHES,
DES DRAPS MOUILLÉS
ET L'HABITANTE DE L'ALBUM
EN CUIR MARRON

GUILLE

Des fois le dimanche je vais au cinéma avec papa, mais seulement l'après-midi vu que le matin c'est fermé. Avec maman avant qu'elle parte je n'y allais pas souvent parce qu'elle préférait faire des jeux, ou voir des films sur l'ordinateur. Elle faisait du pop-corn au micro-ondes, elle mettait du beurre dedans et on s'installait sur le canapé avec la couverture aux dessins magiques et l'étiquette « madeinturkey » qu'elle a rapportée une fois d'un endroit qui s'appelle Istanbul et qui n'est pas le Pakistan, même si papa dit que là-bas tous les hommes ont une moustache et les femmes ressemblent à la mère de Nazia parce qu'on ne voit pas beaucoup leur visage.

Les films préférés de maman c'est les films où on chante tout le temps, surtout ceux avec des femmes blondes. Il y en a beaucoup qu'elle aime mais celui qu'elle préfère c'est *La Mélodie du bonheur*, qui est avec Mary Poppins déguisée en bonne sœur ; là aussi elle s'appelle Marie mais les enfants de la famille Trapp ne savent pas que c'est elle parce que comme ils sont autrichiens, alors évidemment, et heureusement comme ça ils ne sont pas renversés par les Allemands avec leurs voitures grises, qui sont les méchants. Un autre qu'elle aime beaucoup aussi, très rigolo, c'est *Muriel* : l'histoire d'une grosse fille pleine de taches de rousseur qui vit en Australie et qui a des copines très méchantes parce qu'elles sont jolies et pas elle. Maman connaît par cœur toutes les chansons et des fois le dimanche, quand papa n'était pas là parce qu'à cette heure il va à la salle de sport ou bien au foot, on enlevait nos chaussures, on se mettait debout sur le canapé et on chantait et on dansait « Waterloo » comme ça, dos à dos, avec les perruques et les costumes argentés, pareils que Muriel et sa meilleure amie. Il y a aussi d'autres films que maman adore, elle les appelle des classiques, mais moi ils me plaisent pas trop parce que comme ils sont vieux ils n'ont pas de couleurs, et aussi il y a mon préféré, que maman aime beaucoup aussi mais pas papa et qui s'appelle *Billy Elliot*.

Maman dit que Billy me ressemble un peu. Enfin, un peu beaucoup parce que la mère de Billy elle est anglaise aussi, sauf que moi je ne danse pas trop bien et vu comme c'est parti je crois que j'apprendrai jamais. Parce que l'an dernier pour mon anniversaire j'ai demandé qu'ils m'inscrivent au cours de danse classique qu'il y a en face, sur la place, comme celui où va Billy mais en espagnol, et maman était super contente et même elle a applaudi, tout excitée et tout, mais papa a dit :

« Hum… on verra. »

Et ça, ça veut dire non. Je le sais parce que c'est aussi ce qu'il a dit quand maman a voulu qu'on prenne le chien de Mme Arlés parce qu'elle était trop vieille pour s'en occuper et finalement c'est sa nièce qui l'a ramené avec elle à la campagne.

Mais depuis que maman n'est plus là, les films sous la couverture c'est fini. Maintenant on va à un cinéma qui s'appelle Multiplex et papa achète les pop-corn à un stand, mais c'est pas aussi bien qu'à la maison. En plus, dans les films qu'on va voir, il n'y a jamais de chansons et moi je crois que papa s'embête parce qu'il est tout le temps à regarder son portable et à envoyer des textos.

D'autres dimanches, tonton Enrique et tonton Jaime, qui ne sont pas mes tontons en vrai ni rien mais c'est comme si, passent nous chercher en fourgonnette et on va au stade. Papa et les tontons jouent dans une équipe de rugby qui ne gagne presque jamais, même que des fois après le match s'ils se sont disputés papa et moi on rentre tout seuls en métro et au passage on s'arrête prendre une pizza chez M. Emilio, qui transpire tout le temps sous son calot blanc et qui est argentin, mais pas de Buenos Aires.

« Non, je suis pas de la capitale, je suis de Rosario, moi, comme Messi », il dit toujours en se donnant des petits coups sur la poitrine et en montrant une photo accrochée au mur au-dessus du comptoir où on le voit tenant par le cou un petit homme laid avec des cheveux très courts qui sourit, le visage tout blanc.

Un jour, maman m'a dit que si M. Emilio est toujours de mauvaise humeur c'est parce que sa femme est partie en vacances avec leur fille et qu'elle n'est jamais revenue. Elle a dû oublier, ou je ne sais plus quoi, mais avec moi il est toujours gentil et depuis que maman n'est plus là, quand il voit papa il lui serre la main très fort et il lui dit : « Content de te voir, *che* ! Tu tiens le coup ? »

Et donc hier quand on est arrivés au stade avec papa et les tontons, je suis allé m'asseoir dans les tribunes pour voir le match qui est toujours très long parce que ça dure longtemps. Alors une dame s'est assise près de moi avec une petite fille. Au début elles n'ont rien dit et moi non plus, parce que comme elles étaient noires je ne savais pas si elles parlaient espagnol, mais alors la dame m'a demandé :

« Tu es Guille, le fils de Manuel, non ? »

J'ai dit oui et elle, elle a fait comme ça avec la bouche, comme si elle avait un peu mal aux dents. Puis elle a caressé la tête de sa fille qui était toute pleine de petites tresses avec comme des petits bonbons de couleur au bout, tandis que moi je cherchais sur le terrain le mari de la dame et le père de la fille mais c'était très bizarre parce qu'il n'y avait pas de monsieur noir. La dame a dit encore :

« Pauvre petit, c'est bien ce qu'il me semblait. »

Je ne savais pas trop quoi dire, mais je n'ai pas eu le temps non plus, parce qu'elle a continué tout de suite :

« Et comment tu vas ?

— Très bien, merci. »

La dame a de nouveau tordu la bouche en secouant la tête. Alors sa fille s'est penchée vers moi :

« Salut, moi, c'est Lisa.

— Salut.

— Tu veux qu'on aille cueillir des fleurs ? Dans le champ, là derrière, il y en a plein. De quoi faire deux bouquets. »

J'allais dire oui, puis je me suis souvenu que papa veut que je reste assis dans les tribunes pour apprendre à jouer au rugby, comme ça il pourra peut-être vite m'inscrire dans l'équipe des poussins, sauf que moi j'ai un peu peur du ballon, qui ressemble à un melon et qui roule bizarre. On ne sait jamais où il va aller. Et aussi je n'aime pas quand ils se poussent tous pour se faire mal, mais je ne l'ai pas encore dit à papa pour pas qu'il se fâche.

Lisa était toujours assise à côté de moi à attendre et je ne savais pas quoi faire. J'ai regardé le terrain et j'ai pensé que si on ne restait pas longtemps, papa ne s'apercevrait de rien. Alors on s'est donné la main et on est partis en courant jusqu'à un pré qu'il y avait de l'autre côté, près du grillage qui entourait les piscines et le terrain de basket.

« Pourquoi ma maman t'a dit "pauvre petit" ? a demandé Lisa quand on entrait dans le pré.

— Je ne sais pas.

— Ton papa, il joue aussi au rugby ?

— Oui.

— Et pourquoi ta maman elle ne vient pas le voir comme la mienne ?

— Parce qu'elle n'est pas là.

— Ah. Et elle revient quand ?

— Je ne sais pas. »

L'herbe était haute et il y avait des sacs en plastique et des papiers sales mais aussi beaucoup de petites fleurs blanches, jaunes et violettes. Lisa s'est tout de suite mise à en cueillir mais tout d'un coup elle s'est redressée.

« Et qui c'est qui vous prépare à dîner ?

— C'est nous.

— Ah. »

On est restés un moment à cueillir des fleurs puis Lisa m'a aidé à faire un bouquet avec des petites fougères qui poussaient près du grillage, en même temps elle chantait quelque chose que je ne comprenais pas mais ça ressemblait à du français, et puis on est revenus, chacun avec son bouquet, vers les tribunes. Il faisait déjà un peu nuit et il n'y avait plus personne sur le terrain. La mère de Lisa était debout près d'un monsieur blond et j'ai vu aussi papa, les tontons et d'autres hommes qui jouent avec eux, ils avaient tous les cheveux mouillés et leur sac de sport.

On s'est approchés et Lisa a donné son bouquet à sa maman. Sa mère l'a embrassée et moi je suis allé vers papa qui me tournait le dos et qui discutait en riant avec les tontons.

« Tiens », j'ai dit, en lui tendant mon bouquet.

Papa s'est retourné et il n'a rien dit. Les tontons et les autres non plus.

« C'est comme des marguerites mais en plus petit, j'ai expliqué, parce que j'ai pensé que comme il faisait déjà un peu sombre il ne voyait pas bien ce que c'était. Tu as vu, on dirait celles du chapeau de Mary Poppins ? »

Papa ne disait toujours rien, mais il était un peu rouge et il remuait le pied comme ça, en tapant vite avec le bout, et il a fait aussi « rrr », une ou deux fois, comme pour se racler la gorge. Alors le monsieur blond qui était avec la mère de Lisa est venu et il s'est accroupi près de moi.

« Elles sont drôlement jolies, Guille.

— Maman, elle aime les rouges, mais il n'y en avait pas. »

Le monsieur a souri bizarre en regardant par terre, et m'a donné une tape sur la joue, mais toute douce.

« Peut-être que tu pourrais me les offrir à moi, celles-là ? Moi, j'aime beaucoup les blanches.

— Ah oui ?

— Oui.

— Bon, d'accord. »

Je lui ai donné mon bouquet et lui il m'a fait un peu comme ça, dans les cheveux, et il a respiré les fleurs.

Puis il a demandé :

« Et comment ça se fait que tu connaisses tant de choses sur Mary Poppins ?

— Ben, parce que quand je serai grand, je serai elle. Parce qu'elle est comme les magiciens, mais en mieux, et en plus elle sait voler sans ailes, pas vrai papa ? »

Papa a encore fait « rrr » avec la gorge et, avant que le monsieur se soit relevé, il a posé la main sur mon épaule et il a dit de cette voix qu'il a quand il est fâché mais sans crier ni rien :

« Arrête avec tes fleurs et tes bêtises, on file, il est tard. On rentre en métro, comme ça on prendra des pizzas au passage. Allez, go. »

Au métro, il y avait un vieux monsieur noir qui jouait d'une grosse trompette, et alors j'ai repensé au monsieur blond qui était avec la mère de Lisa.

« Est-ce que le papa de Lisa c'est ce monsieur blond qui était avec sa mère dans les tribunes ? » j'ai demandé à papa pendant qu'il glissait sa carte dans la fente de la machine.

Il n'a pas répondu. Il m'a juste poussé pour que je passe le portillon puis il a remis la carte dans la machine.

« Parce que comme elle, elle est noire... »

Rien. On s'est dépêchés de descendre l'escalier parce qu'on entendait un « brr » comme quand le métro approche.

« C'est bizarre, non ? »

Mais en bas de l'escalier, papa a stoppé brusquement et comme moi j'avais continué à avancer il m'a tiré par le bras un peu fort et il s'est accroupi :

« Après les vacances de Noël, je t'inscris au rugby, point barre », il a fait comme ça, tout bas, comme si quelque chose l'empêchait de bien articuler. Puis il est resté immobile, il me faisait un peu mal au bras, ensuite il a soufflé beaucoup d'air par la bouche et il a collé son front au mien : « Pourquoi tout ne peut pas être plus simple, Guille, hein ? Pourquoi, pourquoi… ? »

Alors il m'a serré très fort et il m'a encore dit quelque chose à l'oreille mais je n'ai pas compris parce qu'il parlait très vite et qu'à ce moment-là le métro est arrivé et il y a eu un grand courant d'air. Une vieille dame avec un chignon gris a dit un mot à son mari qui nous regardait bizarre et le monsieur a arrêté de nous regarder et quand le métro s'est immobilisé papa continuait à me serrer fort fort dans ses bras, avec son sac à l'épaule et son anorak qui m'écrasait la figure, comme il le fait quelquefois depuis qu'on est restés seuls à la maison lui et moi.

Et puis c'est tout, je crois.

MARÍA

Noël approche. Depuis quelques jours, il fait très froid et avant-hier il a même neigé pendant la nuit, alors le lendemain de nombreux parents ont renoncé à envoyer leurs enfants à l'école, pour éviter le chaos classique que ces intempéries engendrent. Les enfants sentent les vacances arriver et il est de plus en plus difficile de travailler avec eux, en particulier avec les plus petits qu'il faut stimuler par de nouveaux jeux, défis et activités. L'hiver pèse plus sur la routine scolaire à mesure que décembre avance.

Jeudi dernier était férié, mais l'après-midi j'ai décidé de travailler un peu. Je dormais mal depuis quelques jours.

Régulièrement, je me surprenais à repasser mentalement ma dernière séance avec Guille, comme si j'avais l'impression d'avoir raté quelque chose d'important ou comme si à un moment donné de notre conversation, j'avais malencontreusement perdu une pièce du puzzle que j'essaie de reconstituer depuis notre premier entretien. Je sentais comme un courant d'air glacial se coulant par un interstice et je sais que quand j'ai cette sensation, c'est que, en effet, il y a quelque chose qui ne colle pas.

Je me suis préparé un thé aromatisé, j'ai mis un CD de musique classique dans le lecteur et je me suis installée sur le canapé. Les yeux fermés, je me suis laissé bercer un moment par la douce mélodie du piano. Derrière mes paupières closes défilait chaque instant de ma dernière séance avec Guille.

Cherche, María, me suis-je silencieusement intimé, tout en me massant lentement les tempes.

Petit à petit, la musique a vidé ma tête de tout bruit, et bientôt il n'y a plus eu dans le salon que la pluie qui tambourinait contre la vitre et les accords du piano. J'ai pris plusieurs longues inspirations ; j'essayais de me détendre et de ne plus penser à rien.

C'est alors, dans cette parenthèse de pluie et de musique, qu'une phrase de Guille a refait surface, comme propulsée par un ressort. J'ai revu sa frimousse chiffonnée d'angoisse quand il me racontait ce que Nazia lui avait demandé alors qu'ils étaient cachés dans les toilettes. Les mots de Nazia, répétés par Guille, ont de nouveau résonné à mes oreilles.

« Il faut que tu chantes plein de fois le mot magique de Mary Poppins sans te tromper pour qu'il arrive quelque chose avant Noël et que tout s'arrange, parce que sinon… »

« Parce que sinon… »

J'ai rouvert les yeux.

C'était ça. Cette menace voilée.

Qu'est-ce qui faisait si peur à Nazia ? Était-ce si grave pour que Guille accepte de jouer seul dans le spectacle, d'endosser le rôle de Mary Poppins ? Ou était-ce une exagération de cet enfant sensible ? Une interprétation ?

J'ai pensé à téléphoner à Sonia puis je me suis souvenue qu'elle passait le pont à Rome avec son fiancé ; la déranger me semblait déraisonnable. Je suis encore restée sur le canapé un moment, la tête reposant sur le dossier, tandis que la musique jouait toujours.

Tout à coup, ça m'est revenu.

Les Post-it, bien sûr !

Je me suis levée pour aller prendre ma serviette sur la table et en sortir la chemise qui contenait tout le dossier de Guille. Je me suis assise et je l'ai ouverte. À la fin se trouvait l'enveloppe marron avec les Post-it que Guille m'avait remis. Qu'est-ce qu'il avait dit, encore ? Ah, oui : « C'est ceux de Nazia. Moi, je peux parler puisque je ne suis pas puni. »

Il y en avait sept. Je les ai sortis de l'enveloppe et je les ai alignés sur la table devant moi, de haut en bas, sans ordre précis, me laissant guider par mon intuition, comme si je démarrais une réussite.

J'ai contemplé les bouts de papier jaune pendant quelques secondes, puis j'ai lu lentement, à voix haute, les six premiers.

Peut-être que
oui ou peut-être
que non

Ma mère elle l'était
déjà. Ma mère elle
dit qu'elle veut pas.
Mon père il dit rien.
Et Rafiq lui il veut.

C'est parce que
c'est dans le Coran
et c'est très important
parce que c'est
la religion alors
tu vois

Ma mère elle l'était
déjà à treize ans
et elle dit que c'est
mieux comme ça.

S'il te plaît
S'il te plaît
S'il te plaît
tu me le jures ?

C'est pas grave quand
on sera grands et que
tu seras Mary Poppins
tu pourras venir en
volant et on prendra
notre goûter ensemble
tous les jours.

Le septième était un dessin.

J'ai vu tout de suite que si les messages étaient de Nazia, le dessin du septième Post-it était bien de Guille. Je reconnaissais son trait sans l'ombre d'un doute. J'ai choisi de me concentrer dessus. À l'évidence, la petite fille était Nazia. Mais, et l'homme ? Qui était-ce ? Son père ? ou peut-être Guille lui-même, qui s'était représenté ainsi, grand et adulte, en figure protectrice ? Et ce grand X rouge, qui barrait le dessin ? Marquait-il un danger ou un refus ?

« Il faut que je parle à Sonia », me suis-je entendue formuler tout haut, tandis que je tentais minutieusement de trouver un ordre aux messages de Nazia, afin de reconstituer la conversation que les deux enfants avaient eue.

Tout à coup, dans un recoin de ma mémoire a ressurgi ma question à Guille, restée sans réponse, et sur laquelle s'était conclue notre dernière séance :

« Il y a quoi exactement dans cet album en cuir marron ? »

J'ai regretté alors de ne pas lui avoir demandé de dessiner le contenu de l'album et de ne pas avoir plus insisté pour qu'il m'en parle. Je suis retournée sur le canapé et j'ai de nouveau fermé les yeux : je sentais des petits élancements dans les tempes, signe de migraine imminente. Une vague de découragement m'avait saisie : soudain, il me semblait que je ne tenais rien de concret, en fin de compte – aucune piste, aucun élément certain à quoi me raccrocher, comme si après plusieurs semaines de travail avec Guille je n'en étais encore qu'au début. Comme si j'étais en train de chercher quelque chose qui n'existe pas, tout compte fait, ai-je pensé.

« Tu n'as rien, María. Rien », ai-je murmuré dans le silence du salon.

Dehors, la pluie avait redoublé d'ardeur ; en bas, dans la rue déserte, un couple d'amoureux courait en riant, leurs talons résonnant sur le trottoir. D'une certaine façon, ces éclats de rire, ce bonheur m'ont ramenée au visage de Guille, à sa mine enjouée, aussi. « Prononcer le mot magique avant qu'il soit trop tard », avait-il dit.

« Trop tard pour quoi, Guille ? ai-je encore murmuré en me remettant à me masser les tempes. Pour qui ? »

J'ai pris deux grandes inspirations, en faisant jouer mon cou et mes épaules, puis j'ai voulu récapituler pour mettre de l'ordre dans mes idées :

« Nous avons un petit garçon qui veut être Mary Poppins, et un spectacle de Noël dont il croit qu'il peut tout changer. Nous avons aussi une mère absente pour des raisons professionnelles, qui, d'après Guille, vit dans un coffre empli de trésors rangé en haut de l'armoire du bureau de son père, et qui envoie une lettre par semaine à son fils, le jeudi. Curieusement, même si elle l'adore, elle ne trouve jamais un moment pour lui parler au téléphone. Nous avons un père qui pleure la nuit devant un écran d'ordinateur qui semble ne renvoyer que son image et pas celle de son épouse, un père qui s'escrime à "corriger" l'hypersensibilité de son fils (dans les dessins de Guille, son père lui tourne toujours le dos, il ne le regarde pas). Et nous avons sept Post-it et un album photo en cuir marron que personne ne doit voir et dont la valeur, bien qu'il soit rangé avec les affaires de la mère, n'est pas dans ce qu'il contient. »

De nouveau, j'ai respiré profondément en contemplant mon reflet sur la vitre, dans la nuit tombante. J'ai pensé que je faisais peut-être fausse route depuis le début et je me suis reproché de ne pas m'être livrée à cet exercice de récapitulation plus tôt. J'avais la sensation d'avoir peut-être commis une erreur impardonnable de méthodologie, et non de fond ; j'aurais sans doute dû plus axer la thérapie sur la parole et moins sur les images. En fin de compte, je sais d'expérience que dans ses dessins un enfant entremêle différents niveaux de communication et qu'il est particulièrement difficile de distinguer ce qui est réel de ce qui relève de son imagination ou de son interprétation.

« Et si tout était faux ? ai-je lancé à mon reflet. Peut-être que tout ça n'existe que dans la tête de Guille. Peut-être que je n'ai affaire qu'à l'un de ces nombreux pères qui n'acceptent pas la nature de leur fils et à un fils qui se réfugie dans un monde imaginaire pour pouvoir survivre à ce rejet. Peut-être que tout est bien plus simple qu'il n'y paraît, María. »

Je me suis levée pour retourner examiner, une fois encore, les Post-it sur la table.

Trop de « peut-être » et trop peu de temps devant moi, ai-je pensé avant de les décoller pour les remettre dans l'enveloppe. Après avoir rangé l'enveloppe dans le dossier de Guille, j'ai décidé que le mieux était encore d'attendre la prochaine séance pour donner un changement de cap à la thérapie, et j'ai entrepris de me préparer à dîner. Il nous faut des réponses, Guille, me disais-je tout en battant des œufs pour une omelette.

Je ne me doutais pas, alors, que les réponses – les vraies – n'allaient pas tarder. Et qu'elles arriveraient d'un coup, à l'improviste.

GUILLE

Chère maman,

C'est bientôt Noël et aussi le spectacle de l'école. Tu ne pourras pas me voir, je crois, ou peut-être que si, parce que comme dit souvent papa quand il prend l'apéro avec tonton Jaime et tonton Enrique, « maintenant tout le monde est au courant de tout, c'est pas possible de rien faire sans être vus, y a pas à dire, on est pistés de partout », et alors ses sourcils deviennent tout gros et rapprochés sur ses yeux, comme ça, comme une grosse visière noire.

Finalement, Nazia ne va pas pouvoir chanter dans le spectacle parce que ses parents l'ont punie. Je vais devoir faire notre numéro seul et jouer Mary Poppins au lieu de Bert, le ramoneur, parce que évidemment tous les deux je ne peux pas et puisqu'il faut que je chante le mot magique plusieurs fois, au moins quatre, parce que sinon ça ne marchera pas, alors je serai Mary, mais je ne l'ai pas dit à papa, non, ça non alors, il vaut mieux qu'il ne le sache pas, comme ça ce sera une surprise magique, avec tous les parents dans la salle, et peut-être qu'il se mettra moins en colère, vu que l'autre matin, quand on a rencontré la maman de Carlos Ulloa devant l'école et qu'ils se sont mis à discuter un peu de trucs de grands quand elle a dit : « Oh, et le spectacle de Noël c'est pour très bientôt, maintenant ! Le temps passe à une vitesse, non ? » Papa, lui, il n'a rien dit, il a juste remonté mon cartable sur mes épaules. Alors la maman de Carlos a penché la tête un peu, comme ça, et elle a fait :

« Vous viendrez avec votre épouse pour voir votre fils ? »

Papa a attrapé ma main, et il l'a serrée un peu fort en fronçant les lèvres comme s'il avait une cigarette dans la bouche puis il a répondu :

« Non. Elle ne peut pas. Et je ne crois pas que j'irai non plus. Moi... ce genre de choses... »

La mère de Carlos a fait « oh » avec la bouche tout arrondie, puis la cloche a sonné, et puis c'est tout.

Enfin, non. L'après-midi, comme papa n'était pas à la maison parce qu'il avait sport, après l'école j'ai voulu répéter dans la cuisine. J'avais mis la jupe, les grosses chaussures et le chapeau à fleur que m'avait donné Nazia, mais à cause de la musique du DVD je n'ai pas entendu que papa était revenu parce qu'il avait oublié quelque chose. Enfin, si, je l'ai entendu, mais un peu tard. Alors je me suis dépêché mais j'ai eu le temps d'enlever que le chapeau et les chaussures, pas la jupe, et quand papa est entré dans la cuisine il m'a regardé comme ça avec la bouche qui faisait un O super grand, comme la mère de Carlos. Puis il est devenu tout rouge, il s'est précipité et il a tiré sur la jupe, tellement fort que je suis tombé par terre, mais je ne me suis pas fait vraiment mal, juste à la main et au pied. Il m'a attrapé par les épaules, le visage écarlate.

« Je ne veux plus jamais te voir avec des vêtements de femme, plus jamais ! Tu m'entends, Guille, tu m'as bien entendu ? » il a dit en criant fort et en respirant bizarre. Et aussi : « Si je te revois dans cette tenue, je ne sais pas ce que je ferai. Maintenant, file dans ta chambre. » Il est sorti de la cuisine en claquant la porte mais il est rerentré tout de suite et il m'a attrapé par le bras comme ça, comme si je risquais de m'échapper ou quoi, il s'est accroupi pour être à ma hauteur et il a encore dit : « La prochaine fois que je t'entends dire devant les tontons que tu veux être Mary Poppins quand tu seras grand, je te jure que... que... »

Ensuite, il m'a emmené dans ma chambre et il est allé s'enfermer dans la salle de bains et je crois qu'il a pleuré un moment assez long, parce que quand il est sorti il faisait nuit et c'était l'heure des infos avec le monsieur chauve qui a un visage tout plat, et moi ça m'a rendu très triste. Parce que si tu étais là, maman, papa ne pleurerait pas, c'est sûr, parce que tu ne lui manquerais pas autant, avant il ne pleurait jamais, pas vrai ?

Maintenant je dois éteindre. Demain, je rangerai ma lettre dans la boîte rouge que tu m'as achetée quand on était à Londres. Parce que si je la donne à papa pour qu'il te l'envoie, comme les autres, il la lira peut-être, et enfin bon. L'après-midi, je dois aller voir Mme María dans la petite maison du jardin. Je vais lui apporter un dessin même si cette semaine je n'ai pas de devoir parce qu'elle a oublié de m'en donner. Je pense qu'elle va beaucoup l'aimer, ou peut-être que non parce que cette fois... j'en ai fait deux. Mais je te raconterai ça la semaine prochaine, d'accord ?

Bon.

Tu me manques beaucoup. Beaucoup, beaucoup, jusqu'à l'infini.

Et aussi je t'aime très fort. Presque autant qu'avant, je crois, ou peut-être même plus.

Guille

Post-scriptum : j'ai fait ma liste de Noël. Je l'ai mise dans la petite boîte noire comme d'habitude. Si tout, ça fait trop, tu crois que Mary Poppins saura que la collec des livres des Moumines et celui de *Puck, lutin de la colline*, c'est en priorité ? Enfin, comme des Moumines il y en a beaucoup, elle pourrait m'en apporter que deux, mais aussi celui de Puck, hein ? Enfin c'est juste pour qu'elle n'oublie pas.

MARÍA

« L'esprit humain est à l'image de la vie : un labyrinthe qui révèle parfois de celui qui s'y perd des choses qu'il n'aurait jamais imaginées. » Cette phrase, ces mots exacts sont ceux qui me sont venus en tête pendant que je regardais Guille et son père contourner la fontaine et s'éloigner, à l'issue de la séance d'hier. C'était l'une des phrases de prédilection de Violeta Bergman, l'une de mes enseignantes de dernière année, qui a joué un rôle déterminant dans le choix de mon orientation professionnelle comme psychologue scolaire.

Mais c'est une autre histoire.

Quand Guille est entré dans mon cabinet hier, j'ai su à son regard que quelque chose avait changé. L'expérience m'a appris que ce « quelque chose » survient tôt ou tard dans la plupart des thérapies. Soudain, c'est une porte qui s'ouvre, une lueur différente ou une expression qui n'était pas là auparavant. Pour moi, ce « quelque chose » continue d'être un phénomène presque magique, même si je sais bien que je ne devrais pas mêler la magie à ça. C'est comme si la girouette avait tourné sur son socle, ramenant des brises nouvelles.

Guille s'est assis et a déclaré gravement :

« Aujourd'hui, je ne veux pas jouer. »

J'ai souri.

« Très bien. »

Puis j'ai attendu.

« Je peux vous demander quelque chose, madame María ? s'est-il enfin décidé.

— Bien sûr.

— Euh… » Il a dégluti et son regard a fui par la fenêtre. « Est-ce que vous voudriez bien que je vienne ici pendant la récré pour répéter mon numéro pour le spectacle ? »

La demande m'a prise totalement au dépourvu. Il n'a rien remarqué.

« Mais je pensais que vous répétiez avec votre maîtresse pendant la récréation. »

Il a haussé les épaules, la tête un peu penchée.

« Oui, mais comme elle est malade, elle ne sait pas que Nazia ne va pas chanter avec moi et que maintenant c'est moi qui vais faire Mary Poppins, et peut-être que Mlle Clara, qui nous fait la classe jusqu'à ce que la maîtresse guérisse, elle ne va pas être contente… Et puis, ça m'embête un peu de répéter devant tout le monde.

— Je vois. »

Il gardait les épaules levées, attendant ma réponse.

« Alors, je peux ?

— Bien sûr. Si tu veux, j'en parlerai avec Mlle Clara pour qu'elle te laisse venir aux récréations. Je lui dirai que… j'ai besoin de te voir. »

Ses yeux se sont éclairés et il m'a gratifiée d'un sourire. Puis il a ouvert son cartable et a sorti deux feuilles qu'il a posées sur la table, les faisant glisser doucement vers moi.

« J'en ai fait deux. Comme la semaine dernière, je ne suis pas venu, il en fallait deux. »

J'ai souri.

« Merci. »

J'ai regardé les dessins. Le premier consistait en une simple tache orange sur le fond blanc de la feuille. Sur le second, la même tache orange était auréolée de deux cercles, surmontés de trois autres ronds plus petits.

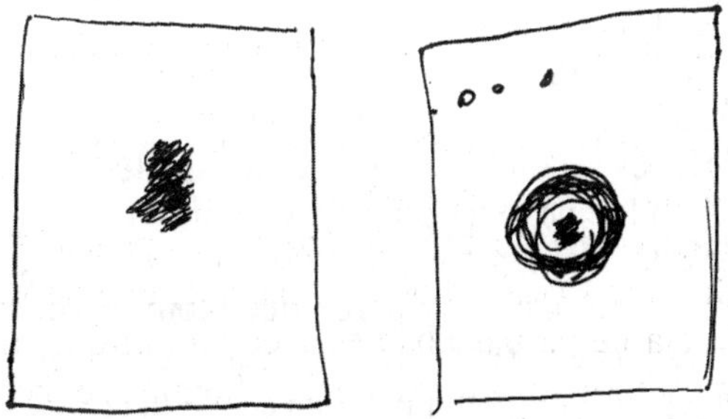

Quand j'ai levé les yeux, j'ai croisé le regard de Guille qui me dévisageait. Comme je ne disais rien, il a tendu la main vers le premier dessin.

« Ça, c'est mon drap, des fois, la nuit. » Il a glissé ses deux mains entre ses cuisses avec un sourire contrit. « Parce que des fois… je fais pipi au lit. »

J'ai dissimulé ma surprise. Il me paraissait si surprenant que ni le père de Guille ni Sonia ne m'en aient parlé que je me suis vraiment demandé une fois de plus si ce que Guille m'apportait avec ses dessins était réel ou simplement le fruit de son imagination. J'ai eu un petit coup au cœur, mais déjà Guille désignait l'autre dessin.

« Ça, c'est quand je mets le drap dans la machine et que je la fais tourner tôt le matin, et comme papa dort jusqu'à tard, au moins jusqu'à 10 heures ou midi, et que maman a acheté une machine qui sèche parce qu'elle est anglaise, lui il ne s'aperçoit de rien. »

Son doigt était toujours tendu vers le second dessin.

« Zut. Et ça arrive souvent ? » me suis-je enquise, d'un ton que je me suis efforcée de rendre aussi anodin que possible.

Il a pris le temps de réfléchir avant de répondre :

« Des fois. Et des fois non. »

Évidemment.

« Et quand ça arrive, c'est quand ? »

Quelques secondes de réflexion, encore.

« Quand je ne peux plus me retenir. »

Logique. J'ai tenté autre chose :

« Peut-être que c'est parce que, comme tu dors, tu n'arrives pas à te réveiller quand tu as envie. »

Il y a pensé un peu, puis il a secoué la tête.

« Non, je suis toujours réveillé.

— Ah. »

Il a détourné les yeux.

« C'est parce que des fois j'ai envie de faire pipi mais comme papa est à son ordinateur et que pour aller aux toilettes je dois passer devant son bureau, et comme je veux pas qu'il me voie…

— Pourquoi ?

— Parce que s'il me voit il saura que je l'ai vu. »

Sa réponse m'a alertée, mais j'ai veillé à ne rien changer au ton et au rythme de la conversation.

« Mais Guille, ton papa ne fait rien de mal, pas vrai ?

— Non.

— Alors ? »

Il a piqué du nez. Sa réponse m'est arrivée presque dans un chuchotement.

« C'est parce que souvent il pleure longtemps. »

Je me suis représenté le père de Guille assis à son ordinateur, tel qu'il l'avait toujours dessiné.

« Mais ton papa est assis le dos tourné à la porte, n'est-ce pas ? »

Il a fait oui de la tête.

« Alors il peut difficilement te voir, non ? »

Il est resté muet. Il me regardait, tendu, mal à l'aise. Je lui ai laissé du temps. Tandis que le tic-tac de l'horloge rythmait l'attente, je me suis remémoré le visage masculin dessiné par Guille sur l'écran de l'ordinateur quelques séances plus tôt. J'ai senti comme un déclic se produire dans un recoin de ma mémoire.

« Guille, ton papa parle avec qui sur son ordinateur ? »

Silence.

« Avec ta maman ? »

Silence.

« Avec un ami à lui ? »

Toujours rien.

« Guille… ? »

Il a levé la tête et a promené lentement son regard sur les deux dessins qu'il venait de me donner.

« Avec… personne, je crois. »

J'ai inspiré à fond. Soudain, tout s'éclairait : si Manuel Antúnez pouvait voir son fils, alors qu'il lui tournait le dos, c'était à cause de son reflet sur l'écran de l'ordinateur, ce qui n'était possible qu'avec un écran éteint.

Donc ce que Manuel voyait sur son écran, outre Guille, c'était son propre reflet !

Mais alors…

Je me suis soudain rappelé la question à laquelle Guille n'avait pas répondu à la fin de notre dernière séance.

« La dernière fois qu'on s'est vus, tu allais me dire ce qu'il y avait dans l'album en cuir marron, tu te souviens ? »

Il m'a regardée. Puis il a hoché lentement la tête.

« Qu'est-ce qu'il y a, dans cet album, Guille ? »

Il a dégluti plusieurs fois, en balançant ses pieds dans l'air.

Il a regardé au plafond et enfin il a dit :

« Dans l'album en cuir marron, il y a ma maman qui vit. »

LONDRES, LES DISPARUS ET UN PAPIER OUBLIÉ

MARÍA

« Dans l'album en cuir marron, il y a ma maman qui vit. »

Douze petits mots, comme douze cases d'un jeu de l'oie. Et nous venions de tomber dans le labyrinthe, Guille et moi. Les aiguilles de l'horloge marquaient 18 h 50. Plus que dix minutes, ai-je pensé. Qu'est-ce que je peux faire en dix minutes ? À ce moment, la sonnette a retenti. Je me suis levée pour aller appuyer sur le bouton d'ouverture de la porte. Quand je suis venue me rasseoir, Guille s'était remis à balancer ses pieds et parcourait les dessins des yeux. Nous avons entendu son père s'asseoir dans l'entrée avec son sempiternel raclement de gorge, puis quelque chose, sans doute un stylo, a roulé par terre, suivi d'une voix d'homme qui jurait tout bas. Rien d'autre.

« Tiens, ai-je repris, pour tâter le terrain, je croyais que tu m'avais dit que ta mère vivait à Dubaï. »

Guille a fait oui de la tête et a coulé un regard du côté de la porte. Du couloir est arrivé un nouveau raclement de gorge.

« Et aussi qu'elle était hôtesse de l'air, ai-je ajouté.

— Oui. »

J'ai souri avant de poursuivre :

« Et d'après ce que m'a dit ta maîtresse, en principe elle ne devrait rester là-bas que quelques mois pour son travail. Donc peut-être qu'elle va rentrer très bientôt. »

Silence.

« En… février ? » ai-je insisté.

Aucune réaction.

« Guille… ? »

Il a levé les yeux et m'a souri d'un sourire sans joie.

« Ben, en fait… » a-t-il commencé. Puis il s'est tu. La lumière douce de la lampe se reflétait dans ses yeux quand il a pris une grande inspiration avant de reprendre, l'air grave : « Quand les personnes disparaissent, où est-ce qu'elles vont ? »

J'ai senti comme une petite étincelle de chaleur exploser derrière mes yeux, accompagnée d'un bref élancement dans les tempes.

« Ça dépend… » ai-je répondu.

Alors, sans me laisser le temps d'aller plus loin, il a ajouté :

« C'est comme quand elles meurent ou c'est différent ? »

Sur le plateau fictif de notre jeu de l'oie, Guille reprenait la partie et moi avec lui. Où voulait-il m'emmener ?

« Parfois oui, d'autres non », ai-je risqué, pour gagner du temps.

Il a tout de suite enchaîné, en baissant un peu le ton, cette fois :

« Ma maman, elle est à Dubaï parce que… parce qu'elle a disparu. C'est dit partout dans l'album en cuir marron, avec des informations et des photos de journaux. Mais peut-être que c'est comme pour Mary Poppins : elle, quand elle disparaît c'est parce qu'elle retourne au ciel pour se reposer un moment, et donc elle ne meurt pas mais elle n'est pas là non plus et c'est pour ça qu'on dit qu'elle a disparu, non ? »

J'ai dégluti et j'ai fait mon possible pour conserver mon sourire, malgré le mal de tête qui m'assaillait maintenant et n'avait plus rien d'un simple élancement. L'horloge du cabinet indiquait 19 h 03 et dans le couloir un portable s'est mis à sonner, suivi du grincement de la chaise sur le parquet et d'un coup sourd. Quelque chose était de nouveau tombé par terre et Manuel Antúnez pestait entre ses dents :

« Bordel de… »

Guille et moi avons échangé un regard. Il s'est trémoussé sur sa chaise et a regardé l'heure, avant de dire :

« Vous aussi vous allez partir ou peut-être pas ? »

La question m'a prise de court. Je n'ai pas voulu répondre tout de suite et je l'ai regardé déglutir. Puis il a poursuivi, en baissant un peu la voix :

« Parce que les grands ils s'en vont toujours, pas vrai ? »

J'ai planté mes yeux dans les siens, me faisant violence pour soutenir son regard.

« Un jour, il faudra que je m'en aille, Guille. »

Il a grimacé un sourire.

« Moi, j'aimerais que non. »

Le mien était tout aussi forcé.

« Bon, tu n'as pas à t'en faire pour ça pour l'instant. »

Sa bouche s'est tordue tandis qu'il se grattait lentement le nez.

« Un jour, ce sera quand ? »

J'ai hésité de nouveau. Je ne trouvais pas opportun de lui confier qu'il était presque certain que je ne reviendrais pas dans l'établissement après les vacances de Noël, puisque mon remplacement finissait avec le trimestre. Ça ne me semblait pas le bon moment, mais je ne voulais pas lui mentir non plus. Ce n'était pas une solution, et encore moins avec Guille. Pendant que j'essayais de trouver une réponse adéquate, mes yeux erraient autour de moi et soudain ils ont buté sur la girouette de la fontaine, dehors.

J'ai respiré, soulagée.

« Je m'en irai quand le vent aura tourné, Guille. Quand la girouette indiquera le nord. »

Il a ouvert des yeux comme des soucoupes et s'est mordu la lèvre inférieure.

« Ah oui ? a-t-il fait en suivant mon regard. Comme Mary… ? »

J'ai confirmé.

« Comme Mary Poppins, oui. Mais c'est un secret. Rien qu'entre toi et moi, d'accord ? »

Les yeux toujours ronds, il a hoché vigoureusement la tête, les épaules levées, avec un air de connivence.

« Oui, oui. Promis.

— Parfait. »

Le silence est retombé. Quelques secondes plus tard, quand un nouveau toussotement venant du couloir l'a brisé, Guille a lentement abaissé les épaules et son regard s'est voilé.

« Il faut que j'y aille, je crois », a-t-il dit en ramassant par terre son cartable, qu'il a refermé. Puis il est descendu de sa chaise et est resté debout, à attendre. « Je n'ai pas de devoirs pour jeudi prochain ? »

Plus de dessins, m'étais-je promis.

« Si, bien sûr.

— Ah », a-t-il fait avec un sourire ravi.

Je me suis levée, j'ai contourné lentement la table et je l'ai aidé à mettre son cartable sur son dos. Puis je lui ai passé la main dans les cheveux.

« Pour jeudi prochain, tu vas me faire une rédaction. »

Il a écarquillé un peu les yeux et son sourire s'est élargi, illuminant son visage.

« Ouah ! Trop bien ! »

Je lui ai rendu son sourire, soulagée.

« Voilà : j'aimerais que tu me racontes le voyage que tu as fait à Londres avec ta maman et ton papa cet été. » Il s'est immobilisé et a levé les yeux sur moi. « Et que tu me racontes aussi quand vous êtes allés voir chanter Mary Poppins. Et… enfin, tout ce que tu voudras. »

Guille m'a regardée gravement quelques secondes. Puis il a paru se recroqueviller alors qu'il faisait oui de la tête.

« Et… après aussi ? » a-t-il demandé.

J'allais lui répondre un « non » machinal quand quelque chose m'a retenue.

« … Après ? »

Il se dirigeait vers la porte. Je l'ai suivi. Une main sur la poignée, il s'est retourné :

« Oui. Ce qu'il y a eu après. »

Je l'ai ébouriffé de nouveau.

« Bien sûr. Pourquoi pas ? »

Dans l'entrée, Manuel Antúnez était accroupi près de sa chaise, occupé à ramasser des papiers éparpillés par terre qui devaient avoir glissé du carnet qu'il tenait à la main avec son portable. Il a levé rapidement les yeux et, nous voyant, a froncé les sourcils, comme s'il se sentait pris en faute.

« Ça y est ? » a-t-il demandé à Guille, qui a acquiescé d'un signe de tête. Il a fini de ramasser les feuilles volantes qu'il a remises rapidement dans son carnet. Puis il s'est redressé et, tendant la main à Guille : « On y va ? »

Père et fils ont pris congé de moi à la porte et, tandis que je les voyais s'éloigner vers la grille de l'école, j'ai eu un soupir de soulagement. Après la confession de Guille, j'étais sûre de tenir enfin quelque chose : Guille était bien un enfant précoce, hypersensible, à l'imagination débordante, qui vivait l'absence de sa mère comme un abandon. Sa souffrance était telle qu'il s'était réfugié dans l'univers magique de Mary Poppins – et dans ses pouvoirs – pour invoquer son retour. Le fait qu'il mouille son lit la nuit était très révélateur. Lui disait qu'il était réveillé et qu'il faisait pipi au lit pour ne pas voir souffrir son père, mais c'était faux. Le plus probable, c'était qu'il mouillait son lit dans son sommeil et que le dessin de son père en train de pleurer devant son ordinateur correspondait à un rêve récurrent chez lui.

De loin, j'ai fixé le dos corpulent de Manuel Antúnez.

« Je crois que le moment est venu que nous parlions de votre fils, vous et moi, monsieur Antúnez », ai-je murmuré dans l'air frais du soir.

J'ai aussi pris note mentalement d'aller voir Sonia dès son retour pour lui raconter ce que je savais de Nazia et ce qui était arrivé avec sa famille. Peut-être qu'elle en saurait plus sur le sujet.

Je suis restée sur le seuil quelques minutes, à profiter de la brise étrangement douce qui balayait les feuilles du jardin, puis je suis rentrée. J'allais refermer la porte quand, sous la chaise de l'entrée, entre l'un des pieds arrière et la plinthe, une tache blanche a attiré mon attention. Une page de carnet.

J'ai déplacé la chaise pour ramasser la feuille.

Elle était froissée, un peu tachée. Je suis allée m'asseoir à mon bureau avec et je l'ai lissée du plat de la main. Ce n'était rien d'important : une liste. Un pense-bête, ai-je supposé. Je l'ai lue à voix basse, et je n'ai pu m'empêcher de sourire, attendrie par cette liste domestique d'un homme obligé de s'organiser seul.

mardi 23 octobre
1 – Réparer poignée porte salon
2 – Contrôle technique voiture
3 – Semelles pour crampons !!! (pour Jaime aussi)
4 – ~~Décongeler petits pois et poulet~~
Lasagnes, plutôt
5 – Chômage : pointer (mardi)
6 – Supérette (sucre brun, adoucissant, huile)

Il y avait encore quelques autres points mais je n'avais pas besoin d'en lire plus. Étant donné la date, j'ai supposé que Manuel Antúnez n'en aurait plus grande utilité et j'allais la jeter quand, soudain, je me suis figée, penchée au-dessus de la corbeille, la feuille en l'air.

Le temps m'a semblé s'être arrêté d'un coup et une sueur froide a couru le long de mon échine.

Non, ce n'est pas possible, pensais-je tandis que la vague glacée me baignait de la tête aux pieds. J'étais là, paralysée. Dans la pièce, il n'y avait plus que le tic-tac de l'horloge, mêlé aux battements sourds de mon cœur. Enfin, j'ai réussi à me redresser et j'ai posé le feuillet sur mon bureau. J'ai ouvert le tiroir où je range les dossiers des patients de la semaine et j'ai sorti celui de Guille.

« Pourvu que je me trompe ! me suis-je entendue prier dans le silence de la pièce. Oh, oui, pourvu… ! »

J'ai ouvert le dossier et j'ai feuilleté les dessins jusqu'à la photocopie de la lettre de la mère de Guille. L'estomac noué, je l'ai prise, j'ai refermé le dossier et j'ai posé la lettre dessus.

Dès que les deux feuilles ont été côte à côte, je n'ai plus eu aucun doute : c'était bien la même écriture.

Le même auteur.

GUILLE

(Rédaction pour Mme María)

Titre : Mes vacances à Londres et ce qui est arrivé après

Au pont du mois d'août, maman, papa et moi, on est allés à Londres, qui est la capitale de l'Angleterre, même qu'ils parlent l'anglais là-bas, qu'il pleut tout le temps et que c'est là que vit Mary Poppins quand elle travaille. Je n'avais jamais pris l'avion et comme maman est hôtesse de l'air, elle connaît plein de gens et j'ai eu le droit de m'asseoir avec le pilote, qui avait une moustache rouge et riait avec un gros rire comme un pirate vu qu'il est australien, c'est-à-dire pareil qu'anglais mais en plus loin.

Papa était de mauvaise humeur ou peut-être triste Maman ne rentrerait pas avec nous à la maison parce qu'elle devait partir travailler à Dubaï et ils n'arrivaient pas à tomber d'accord : papa disait que non mais maman si ; papa qu'il ne voulait pas et maman qu'elle si, et c'était comme ça tout le temps depuis le printemps, voilà pourquoi maman avait autant de valises et nous juste un sac de sport tout petit qu'on a mis dans le placard du plafond de l'avion.

Quand on est arrivés à Londres, il n'y avait plus de soleil et il pleuvait un peu, mais c'était mieux, comme ça il ne faisait pas trop chaud, et maman a eu un fou rire quand papa a commencé à parler en anglais à la gare et que la dame du guichet ne l'a pas compris et qu'elle a fait des sourcils comme ça, comme les clowns, mais en dame noire avec des petits machins en couleur partout dans les cheveux. Puis on est allés à l'hôtel et il y avait des tapis tout du long pour ne pas salir le sol, jusqu'à l'ascenseur, et papa a dit :

« Ben dites donc, regardez-moi ces Anglais qui mettent de la moquette partout. Même sur les murs ! »

Le monsieur qui vivait dans l'ascenseur avec son uniforme plein de gros boutons a rigolé un peu, mais pas trop, parce que c'était un Argentin comme M. Emilio et il a dit :

« Che, vous savez, avec les Anglais... »

Et puis voilà.

Après on est allés à Big Ben, qui est la même grosse horloge à aiguilles qu'on voit dans *Peter Pan* quand ils volent la nuit, et au musée où on fait dormir les vieilles momies et où il y a aussi tout plein de Japonais qui se promènent, mais il était tellement grand et il y avait tellement de choses que maman a proposé finalement :

« Ça vous dit de manger dans un vietnamien, les garçons ? »

Papa a dit « bon », mais avec un air pas trop content et maman m'a regardé et elle a fait ça, aussi, avec les épaules, comme quand la maîtresse nous pose une question en classe et qu'on ne sait pas quoi répondre mais c'est pas notre faute, c'est parce qu'on l'a pas encore fait.

Alors on a pris une rue très longue puis on a tourné dans une autre et on y était.

Papa m'a raconté que les Vietnamiens c'est des Chinois mais en plus bien élevés parce que leur cuisine a des trucs piquants qui brûlent la langue pour qu'ils mangent avec la bouche fermée. Maman riait beaucoup tout le temps et moi aussi, mais papa presque pas. Il faut dire que comme lui il est pas trop doué avec les baguettes, il a un bout de poisson qui a fait un vol plané sur la table d'à côté et le monsieur, notre voisin, qui portait un turban orange comme celui d'Aladin, et une barbe blanche très longue, s'est mis à dire plein de choses très vite d'un air comme fâché, mais ensuite il a ri et après je ne me souviens plus trop, parce que comme on devait aller à la grande roue et qu'il était déjà tard, j'avais peur que ça ferme, vu que maman dit toujours que les Anglais font toujours tout super tôt pour pouvoir prendre le thé chez eux à 5 heures avec leurs chats.

De ce jour-là, je me souviens que de la grande roue avec plein de monde, rien d'autre.

Le lendemain, on est allés au jardin où se sont rencontrés les chiens des *101 Dalmatiens*, enfin, le papa et la maman, et on a mangé du poisson et des frites qu'on a achetés dans la rue sur un petit stand qui sentait bizarre. On s'est promenés sur le fleuve dans un bateau tout en verre et après ça, maman a dit à papa :

« Il faut emmener Guille prendre le thé comme de vrais Anglais. »

Alors on est montés dans un autobus rouge à deux étages comme ceux qu'on voit dans les films mais en vrai, et on est descendus devant des grands magasins pareils que El Corte Inglés mais en plus riches, avec des voitures toutes dorées devant la porte et un restaurant immense avec des serveuses blondes. Quand on a eu fini de prendre notre thé avec un gâteau chacun, papa a demandé l'addition et la dame blonde l'a apportée dans une petite boîte. Quand papa a ouvert la boîte, il est devenu tout rouge, comme quand il s'énerve devant le foot à la télé. Il a fait un grand O avec sa bouche, et il a dit, en criant un peu :

« Mais enfin... Ils vont pas me dire que... »

Maman a posé sa main sur son bras.

« Allez, Manu...
– Mais, mais... » a fait papa.

Alors maman l'a regardé toute sérieuse et lui a dit très très bas :

« Ne gâche pas tout. »

Après on a fait encore d'autres choses et aussi on a dormi à l'hôtel et le lendemain c'était le dernier jour vu que c'était dimanche et là, enfin, on est allés voir Mary Poppins !

Moi, j'étais drôlement nerveux, tellement que j'ai failli pas pouvoir me retenir, enfin, c'était juste quelques gouttes, quand on attendait devant la porte pleine de lumières du théâtre, avec une affiche toute grande où on voyait Mary et Bert dans la scène des petits chevaux du manège et aussi plein d'enfants, de mamans et de papas, mais en anglais.

Après on est entrés et dès que le monsieur indien à lunettes nous a accompagnés à nos places le rideau s'est levé et la musique a commencé. Alors Mary Poppins est arrivée, avec la girouette, le parapluie à tête de perroquet et la maison qui s'ouvre par le toit, et maman et moi on s'est mis à chanter, elle en anglais mais pas moi, parce qu'on connaissait toutes les chansons par coeur à force de répéter à la maison. Tout est passé tellement vite que tout à coup Mary Poppins a volé accrochée à un câble, de la scène jusqu'au toit, et elle est partie, et tout le monde sautait et criait et même quelques enfants pleuraient et d'autres riaient tout excités et maman me serrait très fort parce qu'on était tristes qu'elle parte, mais bon.

Ensuite on est allés voir Mary Poppins dans sa pièce pleine de miroirs. Quand on est entrés, ça sentait très bon. Elle m'a embrassé sur les joues et elle m'a dit des trucs en anglais et maman a traduit tout, puis Mary m'a fait asseoir sur ses genoux et elle a dit :

« Ah ! Je adore Espania ! Je aime la gent et Torremolaïnos et Benalmadena ! Là-bas tout est très gai l'été et la gent rit toujours très sympathiques. » Elle a arrêté de parler pendant qu'elle remettait son chapeau en place « Toi dois être sage avec papa et momman. William, très sage. Eux t'aimer toujours, OK ? »

J'ai dit oui et elle m'a passé la main dans les cheveux et c'est tout.

Enfin, non, parce que quand on allait partir, elle m'a encore dit :

« Et n'oublie jamais : si tu gros problèmes ou triste, rappelle-toi Mary Poppins, dis le mot magique très fort pourquoi que je entendre bien, et tout, tout change toujours. OK ? » Elle m'a regardé dans la glace et m'a fait un clin d'oeil, comme ça, puis elle a chanté : « Supercalifragilisticexpialidocious ! »

Je suis sorti du théâtre tout content, en chantant et en tenant la main de papa, mais c'est là qu'est venu le mauvais moment, parce qu'il était déjà tard et qu'il fallait qu'on se dépêche pour aller à l'aéroport. Parce qu'on rentrait par l'avion de nuit vu que comme maman et papa ne sont pas riches, alors voilà, quoi. Maman nous a accompagnés à la gare. Elle, elle restait à Londres parce que le lendemain elle prenait un petit avion pour aller travailler à Dubaï et pendant tout le trajet en métro papa n'a rien dit et maman non plus et moi, ça me faisait mal ici, comme mal au ventre mais différent, et puis on est arrivés à la gare et alors papa a dit :

« Ce n'est pas une bonne idée, Amanda. »

Maman m'a serré très fort et moi j'avais encore plus mal là, presque comme pour pipi, mais je n'ai rien fait. Puis elle a regardé papa.

« On en a parlé je ne sais combien de fois, Manu, elle a dit.
– Eh bien, on en reparlera autant de fois qu'il faudra », a répondu papa, en criant un peu.

Et aussi, il a dit un gros mot mais je ne sais pas comment ça s'écrit.

« Manu... » a fait maman.

Papa a donné un coup de pied dans une pancarte de McDonald's avec un clown, et elle est tombée par terre et des gens nous ont regardés, et il y en a un qui a dit quelque chose en anglais. Alors, les haut-parleurs ont crié quelque chose je ne sais pas quoi et maman a fait une tête comme ça et elle m'a serré très, mais très fort dans ses bras puis elle a dit :

« C'est votre train. »

Et c'est tout. La suite, je m'en rappelle pas vraiment. Papa n'a plus dit un mot, ni dans le train, ni dans l'avion, et malgré que j'avais un noeud là, je me suis endormi tout de suite parce qu'il était très tard et après on est arrivés à la maison et quand on s'est levés c'était encore plus tard et presque l'heure du déjeuner alors papa a dit :

« On va manger une pizza avec tonton Jaime et tonton Enrique au restaurant de M. Emilio, tu veux ? »

Quand on s'est assis à table, le téléphone de papa a sonné. Il a dit : « Allô ? », puis plus rien parce qu'il s'est levé, il est sorti dans la rue et il a commencé à marcher très vite devant la fenêtre, en regardant par terre et en bougeant la main comme ça tout le temps et en se la passant dans les cheveux comme s'il se disputait. Il a shooté dans une bouteille en plastique, aussi. Alors tonton Jaime est sorti lui aussi et il l'a pris par le bras même si au début papa ne voulait pas et qu'il l'a repoussé contre une voiture. Puis tonton Jaime l'a encore attrapé et ils sont partis tous les deux, papa encore au téléphone et qui criait : « Non, non et non. J'ai dit non ! »

Après c'est le téléphone de tonton Enrique qui a sonné.

« Oui ? » il a fait. Il est resté muet très longtemps, en agitant un peu la tête. Il m'a regardé et il a dit tout bas : « Je m'en occupe, t'inquiète pas. Oui, oui, t'inquiète. »

Et il a raccroché.

« Qu'est-ce que tu dirais si après manger on allait au ciné ? Tu choisis le film, il a fait.

– Et papa ?

– Il a dû partir régler une bricole et il m'a demandé de rester avec toi. »

Papa a été parti deux jours. Quand il est rentré, il est passé me chercher chez tonton Enrique et pendant quelques semaines des fois on l'appelait sur son portable et lui il allait s'enfermer dans sa chambre et il criait des choses que je ne comprenais pas. Des fois même je crois qu'il pleurait mais je suis pas sûr parce que je le voyais pas.

Et puis c'est tout. Voilà, quoi.

Fin

MARÍA

En face de moi, Manuel Antúnez me regardait. Il n'avait pas ôté sa veste, malgré le feu allumé dans la cheminée, en plus du chauffage. Il gardait les bras croisés sur sa poitrine depuis qu'il s'était assis dans mon bureau.

« Je vous écoute », a-t-il fait.

Je n'ai pas aimé le ton de sa voix. Presque provocateur. Il m'a semblé autant sur la défensive que lorsque je l'avais eu au téléphone deux jours plus tôt pour prendre rendez-vous avec lui et qu'il avait accepté de venir me voir avec un manque d'enthousiasme plus qu'évident.

« Je voulais vous parler de Guille », ai-je commencé.

Il a haussé un sourcil et s'est gratté la joue mais il n'a pas bronché.

« Lors des séances avec votre fils, j'ai pu constater chez lui un certain désarroi, que je ne faisais que pressentir au début, sans le comprendre, et qui a fini par se concrétiser, ai-je poursuivi.

— Ah », s'est contenté de dire Manuel Antúnez, en penchant la tête avec une moue d'impatience.

J'ai pris une grande inspiration. L'homme que j'avais devant moi était bien le père taciturne et réservé qui venait chercher Guille tous les jeudis, mais l'énergie n'était plus la même. Quelque chose avait changé en lui.

« Je pense savoir ce qui arrive à Guille », me suis-je décidée enfin, en le fixant droit dans les yeux.

Plantant ses deux coudes sur la table, il a de nouveau levé un sourcil dubitatif.

« Vous pensez ?

— Oui. »

Il a soutenu mon regard quelques secondes. Puis il a secoué la tête, avant de lâcher d'un air blasé :

« Eh bien, allez-y. »

J'ai dégluti avant de reprendre :

« Sa mère manque tellement à Guille qu'il a peur qu'elle ne revienne jamais. » Manuel Antúnez est resté de marbre. « Voilà pourquoi il a recours à la magie, monsieur Antúnez. Voilà pourquoi il veut être Mary Poppins : pour être sûr qu'elle… que votre femme va revenir. »

Il a baissé les yeux en se raclant la gorge.

« Monsieur Antúnez, Guille ne vit pas bien cette… séparation, ai-je repris. Je pense qu'il serait vraiment important que votre femme ait un contact plus direct avec lui. »

Il a soufflé par le nez, puis il a secoué lentement la tête deux ou trois fois.

« C'est impossible.

— Oui, je comprends que ce soit compliqué à cause du décalage horaire, et tout ça, et Guille le sait aussi, mais peut-être qu'il suffirait d'un simple petit coup de fil, ai-je insisté. Si Guille pouvait parler à sa mère, la sentir proche… tout serait très différent, croyez-moi. Il a besoin d'avoir la preuve qu'elle est là pour lui. Je ne pense pas que ce soit beaucoup demander, vraiment. »

Il m'a lancé un regard glacial qui m'a fait froid dans le dos.

« Beaucoup demander, vous dites ? »

Sa voix était devenue métallique.

J'ai acquiescé.

« Vous ne savez rien, a-t-il craché, sans me quitter des yeux. Personne ne sait rien. Comme c'est facile de balancer un verdict, assise bien confortablement dans son bureau, de juger les autres comme si les gens avaient besoin que vous leur disiez ce qu'ils doivent faire. » Il a cligné des yeux et serré les poings. « Comme si on n'en avait pas assez, déjà.

— Monsieur Antúnez, j'essaie juste…

— Vous essayez juste de gagner votre croûte en fourrant votre nez dans la vie des autres, bon sang ! a-t-il rugi. Comme plein d'autres gens. »

Soudain, l'homme contenu d'il y a quelques instants s'était changé en animal blessé. J'ai essayé de comprendre pourquoi tandis qu'il continuait à me fixer rageusement, respirant lourdement, les poings serrés.

« Je l'avais dit à sa maîtresse, que tout ça ce n'était pas une bonne idée, a-t-il murmuré, en desserrant les poings et en baissant les yeux. Je lui avais dit, et j'avais raison. »

J'ai repris mon souffle. L'accès de colère était passé mais le silence était à couper au couteau. J'ai attendu un peu avant de continuer :

« Monsieur Antúnez, je sais que vous vous inquiétez autant sinon plus que nous du bonheur de votre fils. »

Il a levé les yeux, une moue ironique aux lèvres.

« Ah oui ?

— Oui. Et aussi je sais que vous essayez de faire en sorte qu'il souffre le moins possible de cette… séparation. »

Il a posé les coudes sur la table et s'est passé les mains sur le visage.

« Sans blague ! Vous êtes drôlement observatrice… À croire que vous êtes psychologue. »

Je n'ai pas relevé. Si j'ai appris quelque chose avec les années, c'est à ne pas tenir compte de certaines réactions d'un père meurtri.

J'ai ouvert le tiroir, pris le dossier au-dessus de la pile et sorti la photocopie de la lettre et le bout de papier que j'avais trouvé par terre dans l'entrée après ma dernière séance avec son fils.

« Monsieur Antúnez, je sais que c'est vous qui écrivez les lettres que Guille reçoit soi-disant de sa mère. »

Il s'est raidi, le front plissé.

« Ne dites pas de bêtises, a-t-il grondé. C'est n'importe quoi. »

J'ai fait glisser les deux papiers vers lui.

Manuel Antúnez s'est penché en avant et les a contemplés sans rien dire. Puis il s'est lentement passé la main dans les cheveux, en soupirant.

« Ce que j'aimerais comprendre, c'est pourquoi ce n'est pas sa mère qui lui écrit », ai-je repris posément.

Ses épaules se sont affaissées et il a baissé les yeux. Quelques secondes ont passé avant qu'il réponde :

« Elle ne peut pas. »

Il avait parlé si bas que je n'étais pas sûre d'avoir bien entendu.

« Elle ne peut pas ?

— Non.

— Pourquoi ? »

Il a parcouru la pièce des yeux : les étagères, la fenêtre, la cheminée…

« Vous ne pourriez pas comprendre.

— Essayez tout de même. »

Il a secoué la tête. Puis il a fermé les yeux.

« Ce n'est pas moi qui ai besoin de comprendre, ai-je dit alors. C'est Guille. »

Ses yeux se sont rouverts brusquement, manifestement alarmés.

« Guille… ? »

J'ai secoué la tête pour le rassurer.

« Il ne sait rien, n'ayez crainte. »

C'est alors qu'une petite lumière s'est allumée dans ma tête, en même temps que ma propre voix me demandait : « Tu es sûre, María ? Es-tu vraiment sûre que Guille ne sait rien ? » J'ai repensé à tous les dessins qu'il m'avait apportés, aux images, à nos conversations… et j'ai eu un doute. Soudain, j'ai eu un doute et j'ai pensé que peut-être ce que Guille dessinait et racontait n'était pas le fruit de son imagination, mais la réalité de ce qu'il vivait.

Que peut-être ce n'était pas Guille qui inventait.

J'ai regardé l'homme assis en face de moi et je l'ai vu si dépassé, avec sa tête dans ses mains, si… désemparé que quelque chose m'a poussée à aller un peu plus loin. Il fallait que je sache. Il me fallait une preuve. Même minime.

« Monsieur Antúnez, ai-je recommencé doucement, pouvez-vous me dire si Guille faisait pipi au lit avant le départ de votre femme ? »

Il a tardé à lever la tête. Quand il l'a fait, il avait de nouveau ce regard noir et ces lèvres serrées, mais sans colère cette fois, juste de l'incrédulité et de la lassitude.

« Pipi au lit ? Guille ? » Il a fait claquer sa langue en tapant du pied contre le sol. « C'est quoi encore, ces conneries ? »

Il me fusillait du regard.

Zut, il n'est pas au courant, ai-je pensé. Et j'ai senti une sueur froide couler dans mon dos, m'inondant tout entière. Guille a dit vrai, Guille ne ment pas.

Presque malgré moi, j'ai repris :

« Monsieur Antúnez, j'aimerais vous poser une question. »

Il a cligné des yeux. Dans le silence de la pièce, le tic-tac de l'horloge scandait la tension de ces secondes d'attente ; enfin, devant son mutisme, je me suis décidée :

« Est-ce que vous diriez que vous et votre femme êtes en train de traverser un moment… compliqué, émotionnellement parlant ? En d'autres termes : cette séparation est-elle seulement due à des raisons professionnelles ou est-ce quelque chose de… définitif ? »

Une ombre est passée dans les yeux de Manuel Antúnez. Une ombre comme un gros nuage noir. J'ai cru voir palpiter une veine à sa tempe comme il se levait brusquement et prenait appui des deux mains sur la table, bras fléchis.

J'ai eu peur. Juste un instant, mais assez pour me rejeter instinctivement en arrière.

J'ai eu peur, oui, mais il fallait que je sache :

« Vous voyez une raison particulière qui pourrait inciter Guille à croire que sa mère a… – j'ai pris une grande inspiration avant de finir – … disparu ? »

LA VÉRITÉ SUR NAZIA, LES DEUX DERNIERS DESSINS ET DE GROS NUAGES NOIRS

MARÍA

Il reste à peine plus d'une journée avant la fin du trimestre et tout s'est tellement accéléré que j'ai peine à croire que j'ai rencontré Guille pour la première fois il y a seulement quelques semaines. Mais tel est le temps quand les sentiments sont en jeu : capricieux, imprévisible, parfois bon camarade et à d'autres moments, le pire des ennemis.

Bien que quinze jours soient passés depuis mon entrevue avec Manuel Antúnez, j'ai en mémoire tous les détails de notre conversation comme si je venais de la vivre : sa mâchoire serrée de façon animale quand il s'est levé en trombe et que, les deux mains à plat sur la table, il s'est penché vers moi, menaçant, après ma dernière question. Cette veine qui palpitait, grosse et bleue. Il était devenu si écarlate que j'ai presque eu peur pour lui.

Il est resté ainsi quelques secondes qui à moi m'ont semblé des années, respirant lourdement, bouche entrouverte, puis, très lentement, il s'est redressé. Alors il m'a tourné le dos et, sans dire un mot, s'est dirigé vers la porte. Il l'avait déjà ouverte quand il a lancé, sans se retourner :

« À partir d'aujourd'hui, Guille ne viendra plus. » Juste ça. Puis il est sorti, et je l'ai encore entendu marmonner : « C'est fini, toutes ces conneries. »

Quelques secondes plus tard, après un claquement de porte, des pas s'éloignaient sur les gravillons du sentier.

Depuis, je n'ai plus eu de séance avec Guille mais il a continué à venir tous les après-midi pour répéter. Nous n'avons pas parlé de ma conversation avec son père. Guille arrive, me salue timidement et va directement dans la petite pièce du fond. Quelquefois, quand il voit la porte de mon bureau ouverte au moment de partir, il passe la tête.

« Au revoir, madame María », fait-il en agitant la main, cartable sur le dos.

Puis il s'en va, en refermant doucement la porte d'entrée.

Ces derniers jours, pourtant, quelque chose a changé : avant de prendre congé, Guille reste planté quelques instants sur le seuil, comme s'il voulait me parler de quelque chose sans savoir par où commencer, ou comme s'il n'osait pas.

Aujourd'hui, il a fait de même, mais cette fois, contrairement à d'habitude, il n'a pas bougé. Quand j'ai levé les yeux sur lui, il m'a souri. D'un sourire indécis.

« Je peux faire quelque chose pour toi ? » lui ai-je demandé en ôtant mes lunettes.

Il n'a pas répondu tout de suite. Il a d'abord pris une grande inspiration en même temps que ses yeux papillotaient.

« Je peux vous poser une question, madame ? a-t-il fait en se grattant le nez, hésitant.

— Bien sûr.

— Vous… Est-ce que vous pensez que vous allez venir me voir jouer demain dans le spectacle ? »

Sa franchise m'a fait sourire.

« Tu aimerais que je vienne ? »

Il a fait un grand oui de la tête.

« Oh oui ! Oui !

— Très bien. Alors je viendrai. »

Son visage s'est illuminé. Puis il a baissé les yeux.

« Parce que… comme Nazia ne va pas pouvoir venir et papa non plus. »

J'ai pris bien garde de cacher ma surprise et de conserver mon air enjoué.

« Ah, alors ton père ne viendra pas voir le spectacle ? ai-je demandé, en essayant d'éviter que mon ton me trahisse.

— Non. »

J'ai fermé le dossier sur lequel j'étais en train de travailler et j'ai croisé les bras.

« Et il t'a dit pourquoi ? »

Guille a fait glisser son cartable de son épaule et l'a posé par terre, à ses pieds. Le dos rond, il regardait ses chaussures.

« Oui, il a dit "parce-que-non-un-point-c'est-tout".

— Bon, il changera peut-être d'avis, ai-je suggéré. Tu sais comment sont les grandes personnes… »

Il a levé le nez pour me regarder, une lueur triste dans les yeux.

« Oui. »

Il restait planté là, comme s'il attendait.

« Autre chose, Guille ?

— Oui.

— Dis-moi.

— C'est que… comme je ne viens plus vous voir le jeudi et que demain c'est les vacances, je vous ai apporté deux dessins », a-t-il annoncé en se penchant sur son cartable.

Avant que j'aie pu réagir, il l'avait ouvert et avait sorti deux feuilles de papier un peu froissées. Il s'est redressé et me les a tendues.

Je voulais lui expliquer que je ne pouvais pas accepter ses dessins parce que je n'étais plus sa conseillère d'orientation, mais je n'ai pas pu. Depuis que son père avait mis un point final aux séances, je n'avais cessé de tourner et retourner dans ma tête le cas Guille et toutes les questions qui restaient en suspens. J'avais passé au crible son dossier, mes notes, les images et les bribes de nos conversations… et je l'avais aussi observé sans qu'il le sache pendant qu'il répétait. Certains jours, j'allais jusqu'à la pièce du fond dont il laissait la porte ouverte et je restais quelques minutes à le regarder pendant qu'il chantait et dansait « Supercalifragilisticexpialidocious » comme si sa vie en dépendait, yeux fermés, avec son éternel sourire et son étrange déguisement – le chapeau avec sa fleur artificielle, la jupe longue, les bottines à lacets et le parapluie imaginaire. Et pendant que je le contemplais, j'entendais en écho les paroles de Sonia qui se glissaient entre la musique : « Je pense que le Guille que nous voyons est la pièce d'un puzzle, et que derrière cette gaieté affichée il y a un… mystère. Un puits du fond duquel il nous appelle peut-être à l'aide. »

J'ai voulu refuser, lui dire que je ne pouvais plus rien faire de ses dessins, mais j'en ai été incapable et je lui ai tendu la main depuis mon bureau.

« Viens, assieds-toi. » J'ai regardé l'heure. « Mais je n'ai que quelques minutes. J'attends une visite qui ne va pas tarder.

— D'accord. »

Il m'a donné ses deux feuilles et s'est assis en face de moi, tout au bord de la chaise, en balançant ses pieds, pendant que je chaussais mes lunettes. Avant de baisser les yeux, je l'ai vu glisser ses mains sous ses cuisses et regarder tout autour de lui. Alors je me suis penchée sur son premier dessin.

Ce que j'ai vu m'a totalement désarçonnée et Guille a dû s'en rendre compte, parce qu'il s'est empressé de signaler :

« Celui-là, c'est celui d'après. »

Je lui ai lancé un regard interrogateur.

« Celui d'après ? »

Il a fait oui de la tête.

« Celui d'après le spectacle. »

Je ne comprenais toujours pas.

Guille a souri.

« C'est ce qui va arriver quand j'aurai fait mon numéro au spectacle de Noël et que le mot magique aura marché pour que ce soit pas trop tard et alors tout s'arrangera. »

J'ai jeté un rapide coup d'œil au dessin. Effectivement, le mot « supercalifragilisticexpialidocious » traversait la base de la feuille de part en part, comme un énorme sceau estampillé sur un paquet urgent.

Avant que j'aie pu examiner le dessin plus attentivement, Guille a repris, un sourire indéfinissable aux lèvres :

« Pas l'autre. »

J'ai cligné des paupières, j'essayais de le suivre. De lui-même, il s'est expliqué :

« L'autre dessin, c'est maintenant. »

J'ai approché la feuille de la lampe. Soudain, un petit frisson m'a parcourue, comme un réseau de tentacules se répandant lentement dans ma poitrine.

« Mais, Guille… me suis-je entendue souffler. C'est… »

À ce moment, une silhouette est passée devant la fenêtre et des pas ont fait crisser les gravillons.

Guille et moi avons échangé un regard et il a acquiescé une fois encore.

« Oui. C'est une sirène. »

Les pas se sont arrêtés. Un court silence, puis la sonnette a retenti. Je me suis levée pour déclencher l'ouverture de la porte.

Guille, après un coup d'œil en direction du couloir, a entrepris de se lever aussi.

« Je crois que peut-être je dois m'en aller, pas vrai ? » a-t-il dit en attrapant son cartable.

Il se dirigeait déjà vers la porte, quand mes yeux sont tombés sur ses deux dessins restés sur le bureau.

« Guille… » ai-je commencé, un peu machinalement.

Il a stoppé et a tourné la tête.

« Oui ?

— Attends. »

Il a fini de se retourner et il est resté là, un peu voûté, son cartable pesant au bout de sa main, tel un petit homme harassé.

« Avant que tu partes, j'ai quelque chose à te demander. »

GUILLE

« Ça n'a pas besoin d'être très long, elle a dit, Mme María, avant de fermer la porte. Juste un paragraphe pour chaque dessin, ça me suffit. »

Nazia dit toujours que les grandes personnes sont bizarres, parce que des fois elles disent des choses qu'on ne comprend pas, et d'autres, on dirait que si mais en fait non, comme quand la maîtresse nous dit qu'on doit beaucoup travailler puis qu'elle ajoute « mais pas trop », alors allez savoir, mais personne se plaint ni rien. Je m'en suis rappelé quand Mme María m'a dit que je pouvais m'en aller et puis qu'elle m'a demandé de rester un peu plus parce qu'elle voulait que je lui raconte par écrit les deux dessins que je lui ai apportés.

Je n'ai pas bien compris pourquoi, vu que les dessins étaient pour elle, mais peut-être qu'elle ne voit pas bien et qu'elle a besoin de nouvelles lunettes même si elle ne le sait pas.

« Ben, là, en fait, on est après la récré et j'ai sport, j'ai dit.

— Ne t'inquiète pas pour ça, elle a fait en me décoiffant, mais juste un peu. Je vais appeler le secrétariat tout de suite pour les prévenir que tu es avec moi. »

Et puis elle m'a accompagné dans la pièce du fond, là où je répète pour le spectacle, et elle m'a donné deux feuilles avec des lignes et un stylo vert. Enfin, un feutre.

« Quand tu auras fini, tu peux tout laisser sur le bureau. Je passerai le prendre après mon rendez-vous. »

Et elle est partie.

Comme je ne savais pas par lequel commencer, j'ai pris le dessin de ce qui arriverait après le spectacle, quand le mot magique aurait marché. Je l'ai posé à côté d'une des feuilles et j'ai écrit avec le feutre vert :

Rédaction sur le premier dessin de Guille pour Mme María

Puis j'ai regardé un peu mon dessin pour bien me rappeler.

Donc ce qui va arriver quand je vais chanter dans le spectacle c'est que quand Mary Poppins entendra le mot magique plein de fois comme c'est dans la chanson, même si c'est un peu compliqué parce que comme il faut danser aussi, c'est fatigant et ma voix a du mal à sortir. Donc j'arriverai juste à temps mais limite limite pour que les choses changent, mais c'est pas grave parce que comme ça Nazia n'aura pas à partir en punition au Pakistan avec sa famille pour connaître le gros monsieur laid à moustache qui va être son mari même s'il est tellement vieux, parce que vu que c'est son cousin et aussi qu'il est riche, eh ben Rafiq a tout organisé, ou peut-être qu'ils vont tous partir sauf Nazia et que comme papa se sent tellement seul et qu'il pleure tellement, il va l'adopter. Oui, je pense que ce serait le mieux : papa l'adoptera et on sera de nouveau trois comme avant, et on mangera ensemble nos raisins du Nouvel An[1] à la maison devant la télé et peut-être même que Nazia pourra enlever un petit peu son voile, je sais pas, on verra.

Quand j'ai eu fini ma première rédaction, j'ai pris la deuxième feuille à lignes et j'ai mis l'autre dessin à côté pour ne rien oublier.

1. Tradition espagnole qui veut qu'on mange douze grains de raisin sur les douze coups de minuit le 31 décembre au soir, une façon d'attirer la chance sur soi pour la nouvelle année. *(N.d.l.T.)*

Rédaction sur le deuxième dessin de Guille pour Mme María

Sur ce dessin il y a maman quand elle est partie et qu'elle est allée vivre dans le coffre aux trésors de papa, en haut de l'armoire, puisqu'elle est devenue une sirène, qui sont comme des poissons mais en dames, mais moi j'en parle pas parce que je pense que personne le sait, sinon, les journaux que papa garde dans l'album en cuir marron ne diraient pas qu'elle a disparu. Moi je pense que comme à Dubaï ils ont une mer très bleue pleine de siréniens, maman nage au milieu d'eux et de tous les poissons, elle passe son temps dans l'eau, comme quand on allait à Majorque, qu'on gonflait le matelas jaune et qu'elle disait : « Je vais faire un tour voir ce que je trouve. » et alors elle partait à l'eau et on ne la revoyait pas avant un bout de temps. Et sûrement que... bon, enfin, je sais pas quoi dire d'autre. Ah, si, sûrement que Mary Poppins va la voir, des fois, et qu'elles dansent ensemble avec les crabes, les poulpes et les coquillages qui font le bruit des gros bateaux, et peut-être qu'il va lui arriver comme à Ariel, personne savait où elle était et finalement, en fait, elle s'était enfuie pour tomber amoureuse du beau prince brun qui ressemble à papa, et puis c'est tout.

Voilà, quoi.

Quand j'ai eu fini, j'ai relu mes rédactions pour voir s'il y avait des fautes, comme pour les dictées, et je les ai laissées sur le bureau avec les dessins. Puis j'ai pris mon cartable et je suis sorti dans le couloir, et en passant devant le bureau de Mme María j'ai vu que sa porte était un peu ouverte et j'ai passé la tête pour dire au revoir mais elle était au téléphone et il y avait personne d'autre alors j'ai pas su quoi faire et donc j'ai rien fait.

« Il faut que je te voie, Sonia », elle disait. Et aussi : « J'espère que tu vas mieux. Oui, oui. Bien sûr. Oui, je veux te parler de Guille, et aussi de Nazia. »

Elle est restée un petit moment sans rien dire, et puis elle s'est mise à noter des choses dans son cahier, puis elle a fait :

« Non, je suppose que ça peut attendre demain. Et je préférerais ne pas en parler par téléphone. »

Encore un petit moment.

« Bien. Parfait. Demain à la première heure dans ton bureau. »

J'ai eu l'impression qu'elle allait raccrocher, parce que dans les films, quand ils disent ça c'est qu'ils ne vont rien dire d'autre, alors comme elle avait dit que c'était pas la peine que je prévienne que je m'en allais je suis passé sans faire de bruit devant la porte et je suis sorti dans le jardin, et comme à ce moment ça sonnait pour la dernière heure je me suis mis à courir pour ne pas arriver en retard en classe, et puis voilà.

MARÍA

« Tu peux répéter ? »

Sonia a levé les yeux, mâchoires serrées. De la tension, il y avait de la tension dans sa voix et aussi dans ses mains crispées sur le rapport qu'elle lisait.

« Au début, j'ai cru à des élucubrations de Guille et je n'y ai pas attaché d'importance mais ensuite, quand il en a reparlé, j'ai pensé que je devais peut-être te mettre au courant. C'était il y a une quinzaine de jours. Mais à ce moment-là tu es tombée malade et j'ai préféré attendre ton retour », ai-je expliqué.

Tout en m'écoutant, elle continuait à lire mon compte rendu et ce que Guille m'avait raconté de la scène avec Nazia dans l'arrière-boutique du magasin, la conversation qu'ils avaient eue en classe, les Post-it, l'existence du cousin Ahmed et le supposé voyage au Pakistan orchestré par Rafiq pour la marier à lui.

Elle a interrompu sa lecture une seconde et m'a lancé un regard grave pendant qu'elle sortait les Post-it de l'enveloppe.

« Tu aurais dû m'appeler, a-t-elle fait, avec une grimace inquiète. Ce ne sont peut-être que des histoires de gosse sans importance, mais… »

Lèvres pincées, elle secouait la tête lentement.

Elle a raison, ai-je pensé, contrite. Après une nuit presque blanche, que j'avais passée à ressasser ma dernière conversation avec Guille, ses deux dessins et les rédactions qu'il m'avait laissées au cabinet en partant, mon entrevue avec Sonia n'aurait pas pu plus mal commencer. C'était l'une de ces journées couvertes dès l'aube, au ciel tapissé de nuages noirs comme en ces fins d'été, quand la chaleur tourne à l'orage l'après-midi. Dès mon arrivée à l'école, je me suis sentie gauche, empotée, alors que j'essayais de résumer à Sonia ces trois dernières semaines de thérapie avec Guille. Et à dire vrai, elle n'avait pas l'air beaucoup plus en forme. La grippe l'avait laissée exsangue, avec de gros cernes sous les yeux. Nous avons fait du café, puis sans perdre plus de temps nous sommes entrées dans le vif du sujet.

« Pour être franche, j'ai été tellement absorbée par Guille que je n'ai pas vraiment prêté attention à l'incident avec Nazia, ai-je tenté de me dédouaner. » Sonia ne me regardait pas. Elle poursuivait sa lecture, passant les pages rapidement, s'arrêtant de temps en temps. « Tu crois que… ?

— Peu importe ce que je crois », m'a-t-elle coupée, en levant brusquement la tête. Puis, prenant sans doute conscience de son ton cassant, elle a souri, comme pour en adoucir un peu l'effet. « Ce qui m'inquiète, c'est que, d'après ce que je lis ici, il n'y a aucune contradiction dans ce que Guille raconte de Nazia. Pas la moindre. C'est une narration parfaitement…

— Linéaire ?

— C'est ça, linéaire, a-t-elle souscrit. Ou, ce qui revient au même : je n'ai pas l'impression que ce soit le produit des affabulations d'un enfant, María. Du moins, pour ce qui concerne Nazia. » Elle a de nouveau baissé le nez sur les pages. « Il faut commencer par voir si la petite a continué de venir en classe régulièrement », a-t-elle repris en se tournant vers l'écran de son ordinateur. Après avoir tapé son mot de passe, elle a ouvert le programme de gestion des classes. Elle a cherché la classe de 4e puis a cliqué sur l'onglet « Incidents ». « Mince, a-t-elle lâché entre ses dents une seconde plus tard, en se grattant le crâne.

— Quoi ?

— Nazia est absente depuis quatre jours. Absences non justifiées. » Elle a approché son visage de l'écran pour lire le texte de la case « Observations » qui était apparu sur fond orange. « C'est lundi qu'elle est venue pour la dernière fois. Le secrétariat a appelé ses parents, sans succès. Ils n'ont pas répondu non plus aux envois automatiques de SMS. »

J'ai senti une vague de chaleur me monter au visage et j'allais dire que c'était peut-être une simple coïncidence, quand brusquement toutes les pièces du puzzle que Guille m'avait fournies sur Nazia se sont emboîtées. C'est impossible, ai-je pensé en fermant les yeux l'espace d'une seconde. Quand je les ai rouverts, Sonia, le téléphone collé à l'oreille, composait un numéro du bout de son stylo. Après un temps d'attente, elle a poussé un soupir agacé, puis :

« Carmen, c'est Sonia. Il faut que je te parle. Rappelle-moi dès que tu auras ce message, à l'école ou sur mon portable. C'est très urgent. »

Je n'avais pas besoin d'explications. Carmen est l'assistante sociale qui accompagne certaines familles de l'établissement et qui fait aussi le lien entre l'école et le rectorat. C'est une femme très compétente, rude, habituée à gérer avec poigne des situations complexes, parfois extrêmes. Nous ne nous sommes rencontrées que deux fois ce trimestre et jamais je ne l'ai vue sourire plus que le strict nécessaire.

Après avoir raccroché, Sonia m'a regardée.

« Je ne pense pas qu'elle tarde à rappeler. » Puis, avec un sourire las : « Tu voulais me parler de Guille, aussi ?

— Oui. »

Elle a ramassé les pages du compte rendu et les a remises dans le dossier, qu'elle m'a tendu.

« Je t'écoute. »

J'ai regardé par la fenêtre avant de parler. Le ciel était de plus en plus noir et la lumière qui entrait dans le bureau si faible que sans les néons il aurait été impossible de rien voir. J'ai cru entendre gronder le tonnerre au loin, mais Sonia n'a pas réagi. Je me suis assise sur la table et j'ai posé le dossier à côté de moi.

« Tu avais raison à propos de l'iceberg. C'est comme si Guille était le gardien d'un château renfermant des choses qu'il est censé tenir cachées, mais qu'il a besoin de partager parce que le poids est trop lourd pour lui. Ou comme si… »

La sonnerie du téléphone m'a interrompue. Sonia a décroché immédiatement.

« Bonjour, Carmen. Oui, il s'agit de Nazia, la petite nouvelle de 4e. Oui. » Quelques secondes de silence. « Non, ça ne peut pas attendre… Je peux me tromper mais je pense qu'il faut agir de toute urgence. » Pause. « Oui, maintenant, si tu peux. Je passe te chercher et je te mets au courant en chemin. » Nouvelle pause. « Oui, évidemment. Je te bipe sur ton portable pour te prévenir, ne t'inquiète pas… OK, je suis là dans dix minutes. »

À peine le téléphone raccroché, elle s'est levée, attrapant son sac qui pendait au dossier de sa chaise.

« Je dois y aller, excuse-moi, a-t-elle fait en glissant son portable dans la poche de son manteau.

— Si tu veux, je t'accompagne et je te raconte ça dans la voiture », ai-je proposé.

Elle était déjà presque à la porte. Elle s'est retournée avec une moue impatiente.

« Si ça ne te fait rien, je préférerais que tu restes ici et que tu aides Clara pour la mise en place du spectacle. D'après ce qu'elle m'a dit hier, tout est prêt mais je ne sais pas si je reviendrai à temps, et toute seule elle aura sûrement du mal à s'en sortir.

— Bien sûr.

— Pour Guille… » Elle a jeté un rapide coup d'œil à l'heure. « Tu m'en parleras à mon retour, d'accord ? »

J'ai hésité. Elle a penché un peu la tête, avant de sourire et de se tourner vers la porte.

« Et puis je te fais confiance, María. Tu as certainement raison », l'ai-je encore entendue dire, alors qu'elle était déjà dans le couloir.

Le clic de la porte se refermant sur elle a résonné dans le silence sépulcral qui emplissait l'école, ponctué par un nouveau grondement du tonnerre, plus proche cette fois. J'ai pris place sur la chaise de Sonia et j'ai ouvert le dossier. L'horloge de l'ordinateur affichait 10 heures, et une seconde je me suis étonnée que personne ne soit encore arrivé, avant de me souvenir qu'en ce dernier jour de classe l'établissement n'ouvrait qu'à 11 h 30 pour fermer à 13 h 30, après la représentation.

Il y a eu un bruit de moteur puis une voiture a démarré dans un petit crissement de pneus. Après quoi le silence est revenu.

Assise là, dans l'arôme de café du bureau de Sonia, j'ai senti une vague de profonde tristesse m'envahir quand je me suis rappelé la première fois que j'avais vu arriver Guille à mon cabinet, avec ces yeux d'enfant trop vite mûri et ce sourire si pur et entier. Je l'ai revu debout, hésitant à franchir le seuil de mon bureau, sa main enfouie dans la mienne, et ma gorge s'est nouée parce que pour la première fois depuis toutes ces années, j'ai eu le sentiment d'avoir failli à ma tâche et que désormais le temps manquait.

J'ai fermé les yeux et je me suis massé les tempes en me repassant mentalement les images, des bribes de conversations, certains détails de mes séances hebdomadaires avec Guille, dans une ultime tentative de découvrir quelque chose, cette clé qui n'était pas apparue jusqu'à présent et qui devait bien être dans quelque recoin de notre histoire.

« La clé du coffre aux trésors », ai-je murmuré, paupières closes.

J'ai encore fouillé dans mes souvenirs quelques minutes jusqu'à ce que le craquement sourd d'un nouveau coup de tonnerre me fasse sursauter et secoue les vitres.

Je me suis retournée pour regarder le ciel de cette matinée grise. L'odeur de café venue de la table d'angle semblait plus intense. Soudain, j'ai aperçu un avion qui se faufilait sous les nuages, comme un poisson sous la surface d'une mer agitée. Un éclair a zébré le ciel non loin de l'appareil, suivi d'un nouveau coup de tonnerre qui a de nouveau fait trembler les vitres.

C'est alors, devant la lueur de l'éclair, qu'un coup dans la poitrine m'a pliée en deux, souffle coupé.

« Bien sûr. Mais bien sûr ! Comment je ne l'ai pas vu plus tôt ? » me suis-je entendue chuchoter.

Le cœur serré, j'ai ouvert le dossier de Guille et j'ai feuilleté en vitesse les fiches d'observation, les notes et les dessins.

En sortant la feuille de la chemise, ma main tremblait un peu ; avant de la déplier, j'ai avalé une gorgée de café et j'ai inspiré profondément. Puis, tandis qu'un nouvel éclair déchirait le ciel noir, j'ai déplié le dernier dessin de Guille.

Et tout s'est éclairé.

GUILLE

Aujourd'hui je me suis levé plus tard parce qu'on n'avait pas à aller à l'école avant 11 h 30 à cause du spectacle, alors j'ai pu dormir un grand moment en plus pendant que le réveil de Mary Poppins faisait tic-tac sur ma table de nuit à côté de la photo de maman, mais sans sonner. Quand la machine à laver s'est arrêtée j'ai lancé le séchage. C'est parce que hier papa est resté encore jusqu'à très tard à l'ordinateur et comme il ne partait pas se coucher, à un moment je n'ai plus pu me retenir. Pendant que mon drap séchait j'ai préparé mon Cola Cao et mes tartines de confiture rouge avec des morceaux qui est celle que maman préfère.

Après que je me suis lavé le visage et les dents, je me suis habillé et j'ai sorti mon drap de la machine pour le plier et le mettre dans l'armoire, pour pas que papa le voie, puis, comme j'ai vu par la fenêtre de la cuisine que le ciel était plein de gros nuages prêts à pleuvoir, j'ai mis mon anorak à capuche. J'ai aussi pris mon sac de sport, le même que celui de papa, où je range mon costume de Mary Poppins, et je suis sorti sans faire trop de bruit, ou peut-être quand même un peu.

Depuis qu'on habite ici j'aime descendre l'escalier qui est tout en marbre comme dans un château, et en plus un jour il faudra que j'apprenne à glisser assis sur la rambarde comme Mary Poppins pour mettre moins de temps, parce que comme il y aura beaucoup à faire, j'irai plus vite que l'ascenseur, qui est souvent en panne parce qu'il n'est pas magique. Mais quand je suis sorti sur le palier je suis tombé sur Mme Yudmila, qui est notre voisine bizarre ; moi je pense qu'elle est actrice mais de Roumanie comme Dracula et elle parle comme ça, avec une voix d'espion de film en noir et blanc : « Bonchourrr, Guicherrrmo, comment ttu ffaaa, auchourd'hui ? Moi, bien, merrrchi. Tu n'arrrêtes pas de grrrandirrr, hein ? Un ffrrrai pettit thomme », et moi elle me fait un peu peur avec ses cheveux tellement blonds, ses sourcils noirs comme du charbon et sa dent en or qui bouge un peu, mais bon. Donc Mme Yudmila était là, à attendre avec la porte de l'ascenseur ouverte et elle a dit : « Ttu ttescends, Guicherrrmo ? », alors on est descendus ensemble jusqu'au rez-de-chaussée pendant qu'elle se maquillait la figure devant la glace et même elle s'est mis d'un parfum qui était peut-être cher parce qu'il sentait comme ce que papa verse dans la prise de son bureau pour pas qu'on sente qu'il fume plein de cigarettes, et puis voilà.

Après, quand je suis sorti et que j'ai tourné au coin de la rue pour aller prendre le bus, ça a été comme dans les films. Devant la porte du magasin il y avait deux voitures de police avec les sirènes bleues en marche et tout un tas de gens derrière des rubans blancs comme quand dans la cour du collège qui est à côté de l'école il y a des élèves qui se battent et quelqu'un crie « Baston, baston ! » et qu'on se met tous à courir pour voir qui c'est et qu'on reste là à regarder jusqu'à ce qu'une maîtresse ou le dirlo arrive et puis c'est fini parce qu'au collège ils vous laissent pas.

Je me suis approché de l'attroupement et comme il y avait un trou entre trois vieux messieurs à casquette à carreaux, de ceux qui ne travaillent plus parce que comme dit papa « ils ont assez trimé comme ça toute leur vie et ils l'ont bien mérité, tiens ! », je me suis glissé pour regarder et alors j'ai senti un truc, là, au-dessus du ventre, mais dur, parce que ce que j'ai vu c'est Nazia et sa maman debout près du rideau métallique, elles se tenaient par la main et sa mère elle se cachait le visage avec son voile mais pas Nazia. J'ai remué la main comme ça, pour qu'elle me voie, mais alors par la porte du rideau le père de Nazia est sorti et aussi Rafiq avec deux messieurs policiers qui les tenaient par le bras jusqu'à la voiture de devant. Rafiq criait et donnait des coups de pied avec plein de gros mots, et un des messieurs à casquette a dit :

« Bah, ceux-là ils sont tous pareils, allez savoir dans quoi ils trempaient. Sûr que… »

L'autre fumait un machin qui faisait de la fumée, comme une cigarette, mais pas allumé vu que c'était du plastique, et il a toussé un peu et il a fait :

« Rien de bon, c'est certain. Je me disais aussi, ce gamin, toujours fourré dans ce taxiphone avec l'autre. Peut-être bien qu'ils étaient de ceux qui mettent des bombes, finalement… »

Et la fille qui était un peu plus loin a levé les yeux au ciel et elle a dit :

« Pauvres gens, avec tout ce qu'ils subissent déjà, si loin de chez eux et maintenant ça, en plus… »

Alors une autre dame a crié :

« Et nous ? Nous, ce qu'on doit subir pour qu'ils viennent nous voler ? C'est toujours la même chanson, toujours… On retient jamais la leçon. C'est dingue, quand même ! »

Mais d'un coup ils se sont tous tus, parce que les policiers ont mis Rafiq et son père dans une voiture, et du magasin sont sorties… Mlle Sonia et Mme Carmen !, qui travaille aussi à l'école mais je ne me souviens plus ce qu'elle fait. Elles avaient un air tout sérieux et elles se sont mises à parler avec Nazia et sa mère, qui se touchait le front et faisait non tout le temps de la tête et aussi « oh là là, oh là là », alors Mlle Sonia l'a serrée par-derrière et elle lui a dit des choses tout bas un moment mais pas très longtemps. Ensuite elles sont toutes montées dans la deuxième voiture qui est partie aussi avec la sirène éteinte, et puis c'est tout.

« Demain, ils seront dehors, vous verrez », a fait le monsieur à casquette avec la cigarette en plastique.

Il a craché par terre et il a encore dit des trucs, mais comme la dame s'est écriée : « Ouh ! Déjà 11 heures passées ! La matinée file à une vitesse ! Et en plus on va avoir de la pluie, c'est sûr », je me suis dit que j'allais peut-être arriver en retard à l'école, alors j'ai couru un peu jusqu'à l'arrêt du bus, qui justement tournait à l'angle et s'est arrêté au feu. Et pendant que je courais, j'avais un peu mal ici, comme une envie de pipi, parce que je me suis rendu compte que Nazia ne m'avait pas vu et que peut-être elle allait partir à l'aéroport avec sa mère et que si elle partait avant que j'aie pu chanter la chanson de Mary Poppins alors je ne pourrais pas l'aider et elle allait mourir dans le harem de son gros mari moustachu qui est aussi son cousin et alors…

Alors je suis monté dans le bus et quand je suis arrivé à l'école il était un peu plus de 11 h 30, c'est le pépé de Pilar Soria qui l'a dit, qui était à l'entrée avec la mère des jumeaux Rosôn.

« File, Pilar, dépêche-toi ! Il est déjà trente-cinq, tu ne vas pas arriver en retard le dernier jour, quand même ! » il a crié. Puis il a dit à Mme Rosôn : « On pourrait aller prendre un café au bar, plus bas. Parce que c'est un peu bête de rentrer si on doit revenir dans une heure pour le spectacle des enfants, non ? »

Elle, elle a fait :

« Mmm. » Elle s'est gratté l'oreille et elle a redit : « Mmm. »

Et ils sont partis lentement, en se tenant par le bras.

Moi je me suis mis à courir vite vite, sans m'arrêter, parce que peut-être que si j'arrivais le premier je pourrais demander à Mme María de me laisser chanter avant tout le monde et comme ça Nazia ne serait pas encore montée dans l'avion avec sa mère et elle n'aurait pas à partir au Pakistan, mais quand je suis arrivé dans la salle polyvalente il y avait des enfants de ma classe et aussi quelques parents à l'entrée mais Mme María n'était pas là. Juste Mlle Clara.

« Ah, Guille. Heureusement, te voilà », elle a fait depuis la scène. Puis elle a regardé avec les sourcils très rapprochés un classeur à anneaux qu'elle tenait. « Nazia et toi vous passez après les jumeaux Rosôn. Vous êtes… voyons… oui, les avant-derniers.

— Mais, mademoiselle…

— Oui ?

— Peut-être je me disais que je pourrais être le premier parce que comme ça je passerais d'abord et alors j'arriverais à temps et enfin, voilà, quoi. »

Mlle Clara m'a regardé comme ça, un peu de travers, puis elle a fait « tsss » avec la langue. Deux fois.

« Pas question. Tout est organisé. On ne peut pas changer l'ordre maintenant. »

J'ai eu du mal à avaler, comme quand on est au tableau et qu'on a de la craie plein le nez, mais sans la craie.

« Mais peut-être… si on demande à Mme María… parce qu'elle a dit… »

Elle a fait non de la tête.

« Je ne crois pas que Mme María va pouvoir assister au spectacle, Guille.

— Non ?

— Elle a dû partir. Une urgence.

— Ah.

— Et maintenant va rejoindre tes camarades derrière le rideau, tu veux ? Il faut que j'aille recevoir vos parents. Dès que je pourrai, je viendrai vous aider pour vos costumes, mais toute seule je ne peux pas tout faire.

— Bon. »

Je suis passé de l'autre côté du rideau et derrière il y avait déjà les jumeaux, Silvia Gómez et plein d'autres, certains déjà habillés pour le spectacle, et comme j'avais un peu envie de pipi je suis allé aux toilettes de derrière le rideau, près de la porte de la cour, mais c'était occupé et j'ai dû attendre. Et après…

Après il s'est passé un truc terrible.

Un truc vraiment, mais vraiment terrible. Et aussi un coup de tonnerre a éclaté.

Tout en même temps.

Et c'est tout.

MARÍA

La vérité.

C'est si vrai ce qu'on dit. Quand on cherche la vérité depuis longtemps, c'est le jour où on la découvre enfin qu'arrive le plus difficile : savoir quoi en faire.

Le plus surprenant, ce n'est pas tant de l'avoir eue constamment sous les yeux et de ne pas avoir su la voir jusqu'à la dernière minute. Non, le plus surprenant, c'est que quand elle apparaît enfin, la vérité ne permet pas d'attendre plus longtemps. Elle exige qu'on agisse, généralement dans l'urgence.

L'avion. C'était là qu'était la vérité de Guille. La pièce du puzzle qui manquait.

Quand j'ai déplié son dernier dessin sur le bureau de Sonia, j'ai compris que Guille avait voulu représenter quelque chose de ponctuel, qui était arrivé à un moment donné et qui pour lui avait tout changé.

Le début de tout. Voilà ce qu'il avait dessiné.

Mais le début de quoi ?

Une sirène, un avion, un soleil et un orage soudain. Je suis restée là, à contempler le dessin comme si je le voyais pour la première fois, pendant que mon cerveau ordonnait toute l'information qu'il avait emmagasinée depuis le début des séances avec Guille.

« Quand les personnes disparaissent, elles vont où ? C'est comme quand elles meurent, ou différent ? » l'ai-je de nouveau entendu demander.

Alors un doute s'est frayé son chemin dans l'embrouillamini de pièces.

Bien sûr ! Comment n'y avais-je pas pensé plus tôt ?

J'ai écarté le dessin et j'ai cliqué sur l'icône du navigateur. Dans le moteur de recherche, j'ai tapé « 15 août hôtesse de l'air espagnole » puis « Entrée ».

Rien.

Aucun résultat.

Derrière la vitre, un nouveau coup de tonnerre, plus proche cette fois, a laissé place à un chapelet de grondements plus sourds. Dans la mer de nuages noirs, il ne restait pratiquement plus un seul fragment de bleu. Je me suis levée pour me faire un autre café et je me suis mise à arpenter lentement le bureau, pour tenter de remettre de l'ordre dans mes idées.

Quelque chose t'échappe, María, me répétais-je, dans une lumière qui semblait presque celle d'une fin de journée d'automne. Il manque quelque chose. J'ai continué à me triturer les méninges, ne m'arrêtant, devant la porte, que pour avaler une gorgée de café chaud. C'est alors, en abaissant le mug, que j'ai remarqué, gravé sur la porcelaine blanche, un dessin de Big Ben et de la Tower Bridge dans un encadré qui proclamait : I ♥ LONDON.

J'ai failli en lâcher la tasse. Mais oui ! C'était ça ! Posant le mug sur le rebord de la fenêtre, je me suis précipitée sur le téléphone.

Ester, l'une des deux secrétaires de l'école, a décroché tout de suite.

« Bonjour, Ester. C'est María, la psychologue. J'ai besoin d'un renseignement urgent.

— Allez-y, m'a-t-elle répondu, efficace.

— J'ai besoin que vous me trouviez le nom de famille de la mère de Guillermo Antúnez, un élève de 4e année.

— Un instant. » J'ai entendu son souffle dans le combiné tandis qu'elle pianotait sur son ordinateur. Quelques secondes plus tard, elle annonçait, après avoir replacé le combiné devant ses lèvres : « J'y suis. C'est Willet. Guillermo Antúnez Willet[1]. »

Je lui ai demandé de me l'épeler et j'ai raccroché.

Cette fois, ça ne pouvait que marcher.

J'ai tapé « Amanda Willet hôtesse de l'air août » dans l'onglet « Actualités » de Google, puis « Entrée ».

Il n'en a pas fallu plus.

Il y avait cent quatorze résultats.

Tous avec pratiquement le même titre.

***

C'était il y a un quart d'heure à peine, juste le temps de finir mon café, passer par la salle polyvalente pour prévenir Clara qu'une urgence m'obligeait à partir, descendre au parking, monter dans ma voiture et débouler ici. Dans l'ascenseur, j'ai envoyé un texto à Sonia qui disait grosso modo :

1. En Espagne, l'identité des personnes est constituée de deux patronymes : le nom de famille du père suivi du nom de famille de la mère. *(N.d.l.T.)*

J'ai dû quitter l'école, j'ai laissé Clara gérer le spectacle.
C'est au sujet de Guille et ça ne pouvait pas attendre.
Je rentre dès que possible. Fais-moi confiance.

Et maintenant, alors que j'attends sa réponse, j'entends des pas qui approchent tranquillement derrière la porte. Ils s'arrêtent et le petit rond de lumière du judas disparaît. Quelqu'un m'observe de l'intérieur, et un silence tendu tombe, jusqu'à ce que le petit faisceau de lumière réapparaisse et que la porte s'ouvre dans un léger grincement.

« Vous ? fait l'auteur des pas, avec une expression où se mêlent surprise et agacement.

— Je peux vous voir ? »

Au fond de l'appartement, une radio débite les nouvelles, mais ici, sur le seuil, le silence revient, gênant, pendant que nous nous dévisageons. Puis il baisse les yeux, en secouant lentement la tête. Et alors que je pense qu'il va me claquer la porte au nez, il s'écarte lentement et murmure :

« Entrez. »

Juste à ce moment, un tintement m'annonce l'arrivée d'un message. Par réflexe, je balaye l'écran du doigt et je lis la réponse de Sonia :

Fonce. Mais attention aux icebergs.

Je réprime un sourire et j'entre dans l'appartement. Quand Manuel Antúnez referme lentement la porte, le clic de la serrure fait courir dans mon dos un frisson mais je m'efforce de n'en rien laisser paraître.

Fonce, María, me dis-je en prenant une grande inspiration et en posant le pied dans le couloir en direction de ce que je suppose être le salon.

LE SECRET D'AMANDA WILLET, LE SAC DE SPORT BLANC ET UNE MARY POPPINS TRÈS SPÉCIALE

MARÍA

« Je crois que vous feriez mieux de partir. » Manuel Antúnez attend, assis en face de moi, les deux coudes appuyés sur la table de la salle à manger. Il n'est pas rasé et porte un vieux jogging gris qu'il doit mettre quand il est à la maison et peut-être aussi comme pyjama. Le salon-salle à manger est une pièce presque nue avec un canapé marron, une table et trois chaises, une télé et un mur tapissé de cartons de déménagement encore non ouverts. C'est une impression de provisoire qui prédomine, ou plutôt du laisser-aller typique d'un appartement de célibataire. Pas une plante. Pas un cadre au mur. La baie vitrée donne sur des toits et des rues. Un ciel de plomb couvre la ville d'un manteau gris, presque noir.

Manuel Antúnez me regarde et secoue la tête en même temps qu'un coup de tonnerre éclate de l'autre côté de la vitre chassant deux pigeons de la rambarde du balcon. Il règne une tension presque électrique.

« Je vous ai déjà dit de ne plus fourrer le nez dans nos affaires, continue-t-il d'un ton menaçant. Guille et moi, on n'a besoin de l'aide de personne. »

Nous sommes là, dans ce salon, depuis bientôt dix minutes, et c'est la première phrase qu'il prononce.

Depuis que je me suis assise en face de lui, toutes mes tentatives pour entamer une discussion concernant Guille et les raisons de ma visite se sont heurtées à son silence. Rien, pas un mot jusqu'à ce « vous feriez mieux de partir », auquel je m'attendais. À mon tour, j'ai approché mon buste de la table pour y poser mes deux coudes.

« Avant que je parte, je pense que vous devriez m'écouter, monsieur Antúnez. » Il a levé la tête et m'a jeté un regard las.

« Je vous en prie. »

Silence.

« Je sais que ce n'est pas agréable. Je comprends maintenant vos efforts tout au long de ces mois pour protéger Guille. Ça n'a pas dû être facile pour vous. » Il a essayé de sourire sans vraiment y parvenir. « Mais peut-être le moment est-il venu que vous vous laissiez aider. »

Nouveau coup de tonnerre, presque au-dessus de nos têtes, cette fois. Il a soufflé par le nez et s'est frotté le visage de la paume de ses mains comme quand on se frictionne pour se réveiller.

« De toute manière, il me semble qu'un laps de temps raisonnable est passé, et je ne pense pas que faire durer cette situation plus longtemps soit bon ni pour vous ni pour Guille, ai-je repris. Nous… je pourrais vous aider à trouver la bonne approche. Une telle nouvelle n'est pas facile à annoncer à un enfant, même si cet enfant est Guille. »

Manuel Antúnez a froncé les sourcils, et pour la première fois depuis le début de ma visite j'ai eu l'impression qu'il avait conscience de ma présence, qu'il était dans ce salon avec moi.

« Je ne vois pas de quoi vous voulez parler », a-t-il lâché d'une voix métallique. Puis il a tourné son regard vers la fenêtre et le ciel noir a assombri ses pupilles. « Vous devriez partir. » Il a baissé les yeux sur sa montre. « Oui. Il vaut mieux que vous partiez. J'ai des choses à faire. »

J'ai pris une grande inspiration.

« Je sais tout, monsieur Antúnez. »

Il n'a même pas cillé.

« Tout ? a-t-il murmuré, en plissant un peu le front, comme s'il ne m'avait pas comprise.

— Oui. »

De nouveau, il a poussé un soupir, expulsant l'air par le nez.

« Je suis au courant pour… votre femme, ai-je repris. Je suis vraiment navrée, croyez-moi. Je…

— Foutez le camp », a-t-il craché soudain, d'une voix glaciale. Dehors, les premières gouttes se sont mises à tambouriner sur la balustrade. « Vous ne savez rien. Personne ne sait rien ! » Je m'attendais si peu à ce changement de ton que j'ai eu un mouvement de recul du buste, mais sans bouger de ma chaise. « Fichez-nous la paix une bonne fois pour toutes et allez raconter vos foutaises ailleurs ! » a-t-il crié, en reculant sa chaise dans un grincement pour se mettre debout.

À ce moment, un coup de tonnerre a éclaté dans le ciel et la pluie s'est mise à tomber avec force. Dans la rue, la lumière était quasi nulle et, dans le salon, l'obscurité inquiétante. Malgré ça, je n'ai pas perdu mon calme. J'ai ouvert ma serviette que j'avais posée sur la table en m'asseyant, j'ai pris la liasse de photocopies que j'avais faites dans le bureau de Sonia et je les ai glissées sur la table dans sa direction.

Le regard de Manuel Antúnez s'est planté tel un harpon sur la feuille du haut de la pile, la photocopie couleur d'un article de périodique en ligne avec la photo d'une jeune femme blonde et souriante, en uniforme d'hôtesse, surmontée de ce titre :

UNE HÔTESSE DE L'AIR ESPAGNOLE PORTÉE DISPARUE APRÈS LE CRASH D'UN AVION EN MER PRÈS DE DUBAÏ
(EFE, 19 août)

Amanda Willet, membre de l'équipage de l'avion qui s'est écrasé dans la nuit du lundi 16 dans les eaux du golfe Persique, à 60 milles de la côte de Dubaï, est portée disparue comme l'ensemble de l'équipage et des passagers.
Les autorités des Émirats arabes assurent que les recherches se poursuivront sur la zone. Pour l'instant, les restes de l'appareil accidenté n'ont pas été localisés mais, selon les équipes spécialisées, les probabilités de retrouver des survivants sont nulles.

Quand il a levé les yeux quelques secondes plus tard, son menton tremblait et ses paupières clignaient étrangement, comme si la lumière était trop forte. Il a mis sa main devant ses yeux et il est resté ainsi, tandis que la pluie martelait les toits et les balustrades dans un cliquetis de pièces de monnaie.

« Monsieur Antúnez, me suis-je aventurée d'une voix douce. Le problème de Guille, c'est qu'il a trop de questions sans réponse et trop de soupçons qu'il ne sait pas comment formuler. »

Pas un mot. Pas un geste.

« Voilà un moment que votre fils connaît l'existence de ces coupures de presse. Il les a trouvées un jour dans la boîte que vous conservez en haut de l'armoire et, depuis, il les regarde régulièrement quand vous n'êtes pas là, perdu dans un dédale d'informations qu'il ne comprend pas et qu'il est incapable d'assimiler seul parce qu'il est trop jeune. »

Toujours rien. Manuel Antúnez était aussi immobile qu'une statue.

« Je comprends que ce soit très douloureux pour vous, mais pensez à ce qu'il doit souffrir, lui, de ne pas pouvoir partager tout ce qu'il ressent avec son père, ai-je insisté. Je sais par Guille que vous vous êtes donné beaucoup de mal pour qu'il ne découvre pas que l'absence de sa mère n'est pas qu'une absence… temporaire : ces lettres que vous lui envoyez en vous faisant passer pour elle, ces heures devant l'ordinateur à faire semblant que vous lui parlez, les mails que vous lui envoyez, ces coups de fil qui n'existent pas… Je le sais, moi, et d'après ce que j'ai vu de lui, Guille le soupçonne aussi, même s'il n'en est pas conscient. Mais je pense que s'escrimer à le protéger de la douleur d'une perte comme celle de sa mère ne lui fait pas de bien, monsieur Antúnez, voilà pourquoi votre fils se raccroche tant à Mary Poppins et voilà pourquoi il se réfugie si obstinément dans la magie. »

Silence. Dehors, l'orage était maintenant un torrent assourdissant d'eau, d'éclairs et de coups de tonnerre dans un ciel bas et noir, presque irréel.

« Cette méconnaissance est un poids trop lourd pour un enfant si petit et trop lourd pour vous aussi, croyez-moi. Aucun de vous deux ne mérite ça, Manuel. Vous devez vous asseoir avec votre fils pour lui expliquer et l'aider à accepter que sa mère ne reviendra pas ; lui donner les réponses dont il a besoin.

Faites-le au plus vite. Il n'a déjà que trop subi toute cette angoisse… »

Un coup de tonnerre, tel un rugissement, m'a fait taire et c'est là que Manuel Antúnez a baissé lentement la main qui lui cachait le visage, laissant voir un regard hébété, des traits contractés par la souffrance. Alors, tendant les mains, il a saisi la liasse d'articles de journaux devant lui et l'a ramenée sur sa poitrine. Puis il a baissé la tête et s'est mis à bercer tout doucement le tas de feuilles, tandis que sortait de ses lèvres un gémissement sourd qui m'a coupé le souffle.

« Amanda n'est pas partie, a-t-il balbutié d'une voix qui semblait en miettes. Elle… Ils vont la retrouver. Oui. Oui. Vous verrez. C'est juste une question de temps. Et tout redeviendra comme avant. » Puis il a murmuré dans un souffle, serrant un peu plus les feuilles contre son cœur : « Tout va s'arranger, ma chérie, oui… tout va s'arranger… »

Et tandis que Manuel Antúnez était là, se raccrochant à ce tas de feuilles comme à une Amanda qui n'était plus, j'ai compris, le cœur serré, que la vérité quand elle surgit n'est souvent qu'une porte s'ouvrant sur une autre vérité plus profonde, qu'on n'aurait jamais soupçonnée et qui souvent explique tout.

J'ai fermé les yeux et j'ai respiré profondément.

Alors je l'ai vue.

La partie cachée de l'iceberg.

Elle était là.

Aussi forte que la lumière d'un phare.

GUILLE

Et donc, le truc terrible qui est arrivé c'est que comme les toilettes de derrière le rideau étaient toujours occupées et que personne ne sortait je me suis assis pour attendre avec mon sac de sport sur la marche qu'il y a contre le mur. Le spectacle allait commencer dans pas longtemps et Mlle Clara est venue deux ou trois fois pour dire :

« Chut, les enfants, du calme. Faites-moi le plaisir de rester tranquilles. » Et aussi, mais plus bas, avec la bouche comme ça, un peu tordue : « C'est à ne plus savoir où donner de la tête. Si ça continue, je vais me trouver mal, c'est sûr. »

Alors Marta Ramirez s'est mise à répéter avec Silvia Leiva leur numéro des Monster High mais au moment où elles devaient se retourner, comme ça, vers là-bas, Silvia a trébuché sur un bout de bois qui ressortait de sous une chaise et elle est tombée la tête la première. On a tous fait silence, enfin pas tous parce que Martin Gil a rigolé un peu jusqu'à ce que Silvia se relève avec ses lunettes cassées et en saignant du nez.

« Ah, mon Dieu, il ne manquait plus que ça », a soufflé Mlle Clara en posant une main sur sa poitrine qui se gonflait et se dégonflait très vite pendant qu'elle faisait « ff, ff, ff », mais alors Silvia s'est mise à pleurer comme une sirène d'ambulance et Mlle Clara l'a prise par la main et lui a dit : « Viens, ma puce. On va aller à l'infirmerie et M. Armando va te soigner, n'aie pas peur. Ce n'est rien, tu verras, en un rien de temps tu seras de nouveau ici pour votre numéro, d'accord ? » Et avant de sortir avec Silvia elle s'est retournée et elle a fait : « Et vous, pas un bruit jusqu'à mon retour, c'est bien compris ? Si j'apprends que vous avez mis la pagaille pendant que nous sommes à l'infirmerie… »

Puis elles n'ont plus été là et alors tout le monde s'est mis à parler et à jouer avec les déguisements, et à cache-cache, aussi, mais comme moi j'avais trop envie de faire pipi je n'ai pas voulu me lever, je suis resté assis sur la marche et j'ai écarté un peu le gros rideau noir pour voir si beaucoup de gens étaient arrivés ou pas beaucoup, même si je crois qu'au théâtre on ne les appelle pas comme ça. Parce que maman m'a dit une fois que les personnes qui sont assises en rang au cinéma ou au théâtre on les appelle public, les gens c'est seulement au foot ou dans la rue, je ne me rappelle plus bien.

Dans le public, j'ai vu beaucoup de chaises occupées, plus de quarante je crois ; en fait, toutes sauf deux au deuxième rang et quelques-unes au fond qui étaient celles des maîtresses, des maîtres et du directeur. Au troisième rang, près de la fenêtre, il y avait les parents des jumeaux Rosón, qui ne vivent pas ensemble parce que papa dit que maintenant on s'aime différemment, et aussi le grand frère de Teresa de Andrés, qui va déjà à l'université des grands pour être ingénieur de fusées en Amérique, et aussi d'autres papas et mamans que je ne connaissais pas, et quelques grands-parents avec les cheveux blancs ou gris foncé. Alors j'ai pensé que peut-être les deux chaises vides étaient pour papa et maman et j'ai eu honte, parce que sûrement que Mlle Clara ne savait pas qu'ils n'allaient pas venir et qu'elle les attendait pour commencer, et j'ai pensé aussi que peut-être si j'avais promis à papa qu'en janvier je m'inscrirais au rugby il serait venu avec tonton Enrique, ou peut-être pas, parce que s'il me voit habillé comme ça il va faire sa figure toute froncée et j'irai au lit sans dîner et… enfin, j'ai eu un poids là, comme quand on met la tête sous l'eau dans la baignoire et qu'on fait des bulles mais sans eau, et c'est là que je me suis rappelé maman et son costume de sirène, en train de nager dans la mer de Dubaï au milieu des siréniens et des crabes et de chanter comme dans *La Petite Sirène*, au fond de l'eau, parce qu'elle attend que je joue et que je dise le mot magique pour que Mary Poppins m'entende et descende avec son parapluie pour l'emmener au ciel avec elle et puis voilà.

Quand j'ai refermé le rideau, je ne pouvais vraiment plus tenir et je suis retourné à la porte des toilettes les jambes bien serrées et j'ai frappé au moins cinq ou sept fois, mais rien, personne ne sortait. J'ai attendu un peu et j'ai encore frappé :

« Hé, s'il vous plaît, il y a quelqu'un ? Il faut absolument que je fasse pi…

— Il n'y a personne », a dit une voix derrière moi. Je me suis retourné et c'était Lara Gutiérrez, déjà habillée en Marge Simpson, mais sans ses faux cheveux. Avant de partir en courant vers la pièce où on se changeait, elle a dit aussi : « Ils sont en panne, ces cabinets. La maîtresse a dit d'aller à ceux du deuxième.

— Mais je vais jamais pouvoir… »

Alors le rideau noir s'est ouvert et Mlle Clara est apparue, elle marchait très vite, son classeur à la main. Quand elle m'a vu, elle est venue jusqu'à moi et elle a fait, le visage tout rouge mais pas de colère :

« Mais enfin, Guille, tu n'es pas encore prêt ?

— C'est que…

— Qu'est-ce que tu attends pour te changer ?

— Ben je voulais faire pipi et la porte…

— Ce n'est vraiment pas le moment de faire pipi, franchement ! » Elle a jeté un œil à sa montre et a ouvert grand les yeux. « Mais ça va être l'heure de commencer ! Tu devrais déjà avoir passé ton costume !

— Oui.

— Et alors ? Tu attends quoi ?

— C'est parce que je pensais que c'était occupé et Lara Gutiérrez m'a dit qu'en fait c'est parce que…

— Bon, ne t'inquiète pas. Comme ce n'est pas à toi tout de suite, tu as le temps d'aller à ceux du deuxième, puisque c'est si pressé. Mais sors par-derrière ! Et dépêche-toi ! »

Quand la maîtresse est partie vers la pièce des costumes en criant : « Les enfants, les enfants, on commence dans cinq minutes ! Je veux vous voir prêts et en silence ! », je suis passé par la sortie qui donne sur le terrain de basket et j'ai couru très vite, parce qu'il pleuvait un peu avec de grosses gouttes, jusqu'à la porte du secrétariat, comme courent les copains du rugby de papa, mais avec les jambes bien serrées parce que j'en pouvais vraiment mais vraiment plus. Puis j'ai monté l'escalier jusqu'au deuxième étage et je suis arrivé aux toilettes mais j'ai réussi à ouvrir aucune des trois portes. Parce que dessus il y avait une pancarte qui disait :

SOL MOUILLÉ. NE PAS ENTRER.

Et alors…

Alors c'est là que mon pipi a commencé à sortir, juste un petit peu mais après je n'ai plus pu m'arrêter, comme ces nuits où papa reste à l'ordinateur et finalement je fais au lit, mais là, sans drap et avec juste du papier pour se sécher les mains, celui qui gratte, et comme c'est des toutes petites feuilles il faut en prendre plein et après on peut pas les mettre à la machine.

J'ai enlevé à toute vitesse mon pantalon, et aussi mon slip et mes chaussettes, et je me suis séché très vite parce que j'avais peur que quelqu'un arrive, mais après je n'ai pas réussi à les remettre parce qu'ils étaient tout trempés et qu'ils sentaient pas très bon, enfin, pas bon du tout. Alors j'ai pensé que le mieux c'était de les envelopper dans du papier et de mettre le costume de Mary Poppins que j'avais dans mon sac de sport. Quand j'ai ouvert le sac pour sortir mon déguisement, j'ai eu comme un truc, là, au creux de la gorge, et aussi les fenêtres ont tremblé à cause d'un coup de tonnerre, mais un gros.

« Aïe aïe aïe, j'ai fait comme ça, tout bas, parce que le truc dans la gorge me serrait la voix et m'empêchait un peu de respirer. Aïe, aïe, aïe. Pourvu que non, pourvu que non », j'ai pensé juste au moment où il y a eu un nouveau coup de tonnerre et où la lumière des toilettes s'est éteinte, vite fait, avant de se rallumer.

Mais dès que j'ai mis la main dans le sac et que j'ai sorti la serviette blanche, le pantalon de jogging Adidas et les gants de sport j'ai vu que si.

Pas de doute.

C'était le sac de papa.

MARÍA

En voyant Manuel Antúnez serrant contre lui les articles sur la disparition de sa femme, la vérité a percé dans l'obscurité du salon, pendant que la pluie continuait de s'abattre sur les toits. Soudain, les pièces du puzzle que j'avais essayé de reconstituer ces dernières semaines avec Guille ont trouvé leur place et le dessin est apparu dans sa totalité.

Il le sait, me suis-je dit. Cela me paraissait maintenant si clair, si... logique que j'ai été secouée d'un grand frisson en même temps que je me répétais : Guille sait.

Je comprenais que l'ombre noire de la partie immergée de l'iceberg que Sonia avait cru voir dès le premier jour n'était pas ce que nous avions imaginé mais exactement le contraire.

L'autre face de la médaille.

La vérité, la vraie, était plus dramatique que ce que nous avions supposé : celui qui n'arrivait pas à assimiler la mort d'Amanda, celui qui refusait de l'accepter, ce n'était pas Guille, mais son père. Oui, Manuel Antúnez était un homme qui se cramponnait à un souvenir auquel il ne parvenait pas à renoncer.

Et Guille…

J'ai regardé Manuel Antúnez et j'ai senti entre nous un vide aussi tangible que la table en bois à laquelle nous étions assis, comme si nous étions séparés par un grand puits empli d'une tristesse profonde et solitaire.

« Guille sait tout, Manuel », me suis-je entendue dire d'une voix si grave que je l'ai à peine reconnue.

Il est resté là, à serrer ses papiers. Puis, très lentement, il a levé des yeux hagards et, les plantant dans les miens, il a répété, comme s'il n'avait pas compris :

« Gui… lle ?

— Oui, ai-je confirmé d'une voix plus douce. Depuis le début. Depuis le jour où, juste après votre retour de Londres, votre téléphone a sonné dans la pizzeria et qu'on vous a annoncé que l'avion d'Amanda s'était abîmé en mer.

— Non », a-t-il soufflé d'une voix étranglée, en se cramponnant plus fort encore à sa liasse de papiers.

Dehors, un éclair a illuminé la pièce, suivi d'un nouveau coup de tonnerre, énorme. Apparemment, l'orage se trouvait maintenant juste au-dessus de nous. Manuel Antúnez a vacillé un peu, vers l'arrière, d'abord, puis vers l'avant.

« Non. C'est… pas… possible », a-t-il balbutié, le front plissé, comme si c'était à lui-même qu'il s'adressait.

J'ai eu si peur en le voyant osciller de la sorte que j'ai bondi de ma chaise et je suis restée debout près de la table. Le balancement a cessé mais il avait toujours le regard perdu dans le vide.

« Depuis ce jour à la pizzeria, Guille a vécu pour vous protéger, Manuel, ai-je repris en ébauchant un sourire qui se voulait réconfortant. Malgré votre absence, malgré… tout, Guille a veillé sur vous pour vous empêcher de vous écrouler, en faisant semblant de ne rien savoir de la disparition de sa mère parce qu'il a si peur que vous vous effondriez, de perdre la seule personne qui lui reste qu'il est prêt à tout pour vous empêcher de souffrir. »

Manuel a cligné des yeux plusieurs fois, le front toujours aussi plissé, mais le regard plus clair, comme s'il commençait à émerger d'un très long et lourd sommeil.

« Mais… je…

— Guille sait que sa mère était dans cet avion qui s'est crashé, Manuel, et il sait aussi que c'est vous qui lui écrivez ces lettres, et que quand vous vous installez à l'ordinateur il n'y a personne de l'autre côté, parce qu'il vous a vu pleurer devant cet écran éteint. Et s'il mouille son lit la nuit c'est pour ne pas avoir à passer devant vous pour aller aux toilettes et vous révéler ainsi qu'il connaît votre secret. »

Manuel s'est mis à avoir une respiration de plus en plus saccadée, comme si inspirer et expirer lui était devenu difficile.

Effrayée, j'ai contourné la table pour m'approcher de lui.

« Guille… » a-t-il soufflé entre deux halètements, en promenant son regard autour de lui.

J'ai posé une main sur son épaule. À ce contact, il s'est recroquevillé comme sous l'effet d'une décharge électrique.

« Guille a été fort pour vous, Manuel, ai-je dit, tout en lui caressant doucement l'épaule. Face au malheur, il a décidé de vous prendre en charge tous les deux, même s'il n'a que neuf ans et malgré cette sensibilité si profonde que vous rejetez parce que vous la décryptez mal et la prenez pour de la faiblesse. »

Il a dégluti et il a baissé les yeux, avant de murmurer :

« Alors, tout ce temps… »

J'ai acquiescé, sans cesser de caresser son épaule.

« Il a mis de côté sa souffrance pour pouvoir s'occuper de vous. C'est pour ça qu'il porte les vêtements de sa mère quand vous n'êtes pas là. C'est la seule façon qu'il a trouvée de sentir encore sa présence, de la garder près de lui. Quant à son obsession pour Mary Poppins, c'est du même ordre. Mary Poppins incarne quelque chose que sa mère et lui partageaient, qui n'était rien qu'à eux, et qui est maintenant son lien avec Amanda. »

Manuel respirait de nouveau par à-coups, comme si, exténué, il avait du mal à reprendre haleine. Il me regardait avec des yeux si tristes qu'ils m'ont rappelé un instant ceux de Guille et j'ai dû détourner le regard.

« Voilà pourquoi la représentation d'aujourd'hui est si importante, ai-je fini par reprendre, en me forçant à le regarder en face. Guille pense que s'il fait son numéro, s'il danse et chante en public ce mot "magique", il va pouvoir sauver Nazia de son sort, et vous sauver vous avant que le chagrin et la tristesse ne vous emportent, le laissant totalement orphelin. »

Manuel a de nouveau avalé sa salive et s'est remis à se balancer.

« Or… phelin ? » a-t-il fait, dans un filet de voix.

Je l'ai saisi par le bras pour le retenir. Puis j'ai tendu la main vers le petit paquet de feuilles qu'il tenait toujours contre sa poitrine.

« Amanda n'est plus là, Manuel », ai-je dit en saisissant lentement les feuilles.

Silence.

« Elle ne reviendra pas. »

Il m'a regardée, toujours agrippé à ses feuilles. J'ai essayé de les tirer doucement mais il a résisté.

« Elle n'est plus avec nous. »

Deux larmes ont roulé lentement de ses yeux, pendant que je tentais toujours de lui retirer la petite liasse.

« Vous devez la laisser partir, Manuel, ai-je insisté avec douceur. Faites-le pour vous, et aussi pour Guille. »

Dehors, la pluie tombait avec tant de force qu'elle ne formait plus, derrière la fenêtre, qu'un rideau gris, opaque. Après quelques secondes de résistance, Manuel a fini par desserrer la main et petit à petit j'ai réussi à lui soustraire les feuilles. Les larmes se sont mises à couler sur ses joues, tombant à pic sur la table. Il pleurait en silence, comme un grand enfant ; alors j'ai posé les papiers sur la table et je l'ai entouré de mes bras, inclinant de force sa tête sur mon épaule pour qu'il puisse enfin laisser libre cours à son chagrin.

***

Dix minutes plus tard, la pluie tombait toujours dru. Manuel était plus calme, il ne pleurait plus. Il s'était assis de nouveau et nous étions là, silencieux, à écouter les gouttes marteler la vitre. J'ai regardé ma montre. 11 h 45.

« Je dois partir, maintenant, ai-je annoncé, en lui posant la main sur l'épaule. J'ai promis à Guille que je serai là pour son numéro. »

Il n'a pas bougé. Il avait les yeux baissés. J'ai pris mes affaires et je me suis dirigée vers la porte.

« Si vous avez besoin de quelque chose, n'hésitez pas à m'appeler. Vous avez mon téléphone. »

J'étais prête à sortir, quand je l'ai entendu dire, très bas :

« Je peux… vous accompagner ? »

Je suis restée figée sur place. Puis je me suis retournée :

« Bien entendu. »

Il a souri. C'était un pâle sourire mais il y avait au fond de ses yeux une lueur nouvelle. Il s'est levé lentement.

« Donnez-moi juste le temps de me changer…

— Entendu. »

Cinq minutes plus tard, il a réapparu. Il s'était lavé le visage et avait passé un jean, une veste en cuir et des chaussures de marche bleues.

« On y va ? » a-t-il fait sur le seuil du salon.

Je me suis levée et je l'ai suivi dans le couloir jusqu'à l'entrée. Il a ouvert la porte et s'est effacé pour me laisser sortir. Au moment de me suivre, il s'est figé, sourcils froncés, les yeux sur un sac de sport blanc posé par terre, près du porte-parapluies.

« Qu'est-ce qu'il y a ? » ai-je demandé depuis le palier.

À ma montre, il était 11 h 55.

Il n'a pas répondu tout de suite. Il s'est penché sur le sac et l'a ouvert, puis m'a lancé un regard soucieux.

« Guille s'est trompé, a-t-il constaté, en secouant lentement la tête et en me montrant la petite jupe à fleurs qui émergeait du sac. Il a pris le mien. »

GUILLE

« Mais… on peut savoir où tu étais passé ? » Mlle Clara m'avait attrapé par le bras et elle me secouait un peu, comme ça, mais pas trop, et ses yeux étaient tout plein de petites lumières rouges. Sur la scène, les jumeaux Rosôn faisaient leur numéro de Ricky Martin et ils avaient presque fini vu qu'ils en étaient à répéter « María, María », donc ça allait être à moi.

« Ben, c'est parce que je suis allé aux toilettes du deuxième et comme il pleut tellement je ne pouvais pas sortir parce que je voulais pas me mouiller trop trop même si je pense que peut-être c'est plus vraiment grave, maintenant, hein ? »

La maîtresse me regardait, avec sa bouche en O, et elle a dit :

« Mais… mais… et ton costume ?

— Ben, en fait, je l'ai oublié…

— Oh, c'est pas vrai ! » Ses sourcils ont fait une grosse ligne noire sur son front et elle a dit : « Et Nazia ? Elle est passée où, cette petite ? » Je n'ai rien dit. « Guille ?

— Elle est avec Mlle Sonia.

— Avec Son… ?

— Oui. Peut-être qu'elles sont à l'aéroport ou peut-être pas. Je sais pas, parce que comme elles étaient dans une voiture de police avec la sirène mais éteinte, peut-être qu'elles arriveront pas à temps et comme ça elle aura pas à se marier avec le gros monsieur du harem.

— Juste ciel, Guille ! elle a fait en m'attrapant par le sweat-shirt noir à capuche de papa. Tu te rends compte que tu ne peux pas aller sur scène dans cette tenue, pas vrai ? » Elle a fait « non-non-non-non » et aussi « chhh » avec la bouche. Et puis : « Mais qu'est-ce que c'est que cet accoutrement ? On dirait un… un rappeur, comme ceux qui traînent dans la rue. »

Comme j'étais pas vraiment sûr de savoir ce que c'était qu'un rappeur, j'ai rien dit et elle non plus, en plus on n'avait pas trop le temps, parce que sur la scène les jumeaux Rosôn ont fait deux pirouettes, qui sont comme des roulades mais debout, l'un à droite, l'autre à gauche, en chantant « Un, dos, tres, María » et ça a été fini et dans le public tout le monde a applaudi beaucoup et a fait des photos avec les téléphones, surtout leur mère, qui est d'un village qui s'appelle Soria, même que quand elle parle avec papa elle dit toujours : « Ah, on donnerait tant pour repartir vivre là-bas, mais avec les jumeaux, et le travail de José et ma belle-mère… À la fin de l'été, on a tellement de mal à rentrer… »

Alors Mlle Clara m'a regardé lentement de la tête aux pieds comme si elle cherchait quelque chose et la barre noire de ses sourcils a encore grossi.

« Mais Guille… tu es trempé comme une soupe !

— Un peu.

— Comment ça, un peu ! Et ces tongs ! elle a fait en ouvrant grand les yeux. Mais tu risques la pneumonie, mon garçon ! »

J'ai regardé mes pieds, et je me suis rappelé que dans la cour en revenant j'avais marché en plein dans des flaques parce qu'il pleuvait fort et que j'y voyais pas trop, et comme le pantalon de jogging de papa était beaucoup trop grand pour moi, il traînait par terre et du coup il était aussi plein de boue et ça pesait lourd.

« Il va falloir annuler ton numéro, mon petit, a dit la maîtresse, en tordant la bouche, comme ça. Je ne peux pas te laisser le faire dans cet état. »

Mais c'est là que les jumeaux sont revenus de la scène par notre côté des rideaux et quand la maîtresse s'est retournée pour les regarder, M. Ramôn, qui est le monsieur qui vient devant le micro quand se termine un numéro pour dire qui arrive après, s'est mis dans la lumière blanche du projecteur et il a dit :

« Et maintenant, je veux vous présenter un numéro très spécial. » Il s'est retourné vers nous et a fait comme ça, avec le pouce vers le haut, comme les Américains dans les films, et il a fait un clin d'œil aussi. « Voici, venue pour vous des toits du vieux Londres, la grande Mary Poppins et son ami Bert, le ramoneur ! »

Tout le monde a beaucoup applaudi et un monsieur a même sifflé, et tout, et quand Mlle Clara a lâché ma capuche pour ramasser un des jumeaux qui avait trébuché sur une corde, je me suis mis à courir avec mes tongs trempées et mon jogging tout sale vers le projecteur blanc, et j'ai couru tellement vite que je l'ai même dépassé un peu, mais pas beaucoup. Et quand j'ai voulu saisir le pied du micro, j'ai glissé. Alors tout le monde s'est tu très fort et d'un seul coup.

Et quelqu'un a fait : « Oh ! »

Parce que j'étais tombé.

MARÍA

Très en retard. Nous étions très en retard : du couloir on pouvait déjà entendre la musique venant de la salle polyvalente. Nous avons pressé le pas. Pendant le trajet en voiture, Manuel Antúnez et moi n'avions pratiquement pas échangé un mot.

Muet, il regardait par la fenêtre les quelques piétons. Dans la rue, l'activité reprenait malgré la pluie toujours battante.

Soudain, à un feu, il a lancé :

« Comment j'ai pu être aussi aveugle… »

Il a tourné son regard vers moi. Ses yeux avaient une lueur si triste que, quand le feu est passé au vert, je me suis réjouie de devoir redémarrer.

« Ne vous faites pas de reproches, Manuel. La vie vous a durement frappé et quand ça arrive, on tente de survivre comme on peut. »

Le visage de nouveau vers la fenêtre, il a murmuré, après un long moment :

« J'espère juste que Guille va pouvoir me pardonner. »

J'ai poussé un profond soupir.

« Guille n'a rien à vous pardonner. Il lui suffit de vous avoir. De savoir que vous êtes là. »

Il a baissé la tête et ce n'est qu'au feu rouge suivant qu'il a lâché :

« C'est un crack, non ? »

La phrase m'a prise tellement de court que j'ai cru avoir mal entendu.

« Vous dites ?

— Guille. » Il a esquissé un sourire. Faible, mais un sourire tout de même. « C'est un sacré crack, ce gosse. »

J'ai souri à mon tour.

« C'est un enfant extraordinaire, oui.

— En ça, il tient de sa mère. »

Nous avons stoppé devant un passage piéton pour laisser traverser une dame accompagnée de deux jeunes enfants qui gambadaient autour d'elle.

« Maintenant, il n'a plus que vous, ai-je fait, en redémarrant.

— Oui. »

***

Devant la salle polyvalente, c'est la voix d'un homme qui nous est parvenue, de l'intérieur. Il semblait déclamer quelque chose ou faire un discours, mais très vite, par quelques fragments intelligibles de ses paroles, il est apparu qu'il était en train de présenter le numéro suivant : « … je veux… un numéro très spécial… Poppins… et son… Bert. » Un silence a suivi, puis, à l'instant où nous entrions, un « oh » dans le public, et nous avons juste eu le temps de voir, au fond de la salle, sur la scène, Guille glisser et s'étaler de tout son long dans un bruit sourd, au pied du micro, hors du cercle de lumière.

Près de moi, Manuel Antúnez a eu un halètement d'effroi et a fait un pas en avant, prêt à s'élancer, mais je l'ai rattrapé à temps par le bras.

« Attendez », ai-je chuchoté.

Sur scène, Guille s'est relevé lentement et est entré dans la lumière du projecteur. Alors nous avons pu le voir parfaitement.

J'ai dû avaler ma salive.

Il portait un sweat-shirt noir à capuche qui lui descendait aux genoux, un pantalon de survêtement boueux qui paraissait trempé et traînait par terre, et des tongs de piscine blanches, si énormes que par contraste ses pieds semblaient minuscules.

« C'est mon jogging, m'a soufflé Manuel, la main crispée sur le sac de sport blanc qu'il tenait.

— Du calme. »

Il a serré les dents et n'a pas bougé, les yeux sur la scène, pendant que Guille saisissait le micro et restait là, muet, à regarder le public.

Quelques secondes ont passé ; on n'entendait pas une mouche voler, à part quelques raclements de gorge et toussotements gênés. Enfin, Guille a porté le micro à sa bouche et a commencé, d'une voix chevrotante :

« Eh ben, en fait... moi... je devais chanter et danser avec Nazia, qui est mon amie, mais là elle est peut-être à l'aéroport, ou dans l'avion, parce qu'elle doit aller se marier au Pakistan avec son cousin, qui a au moins trente ans ou même plus et une usine très grande, mais tellement qu'il y a plein de choses dedans, même un harem, pour pas qu'elle soit hôtesse de l'air comme ma maman. Nazia elle devait faire Mary Poppins et moi son ami Bert, mais maintenant c'est plus possible. Vu qu'elle a été punie parce que c'est le Coran qui le dit, qui est comme la Bible mais à l'envers, et alors j'ai pensé "ben si elle, elle peut pas, c'est moi qui ferai Mary Poppins même si je suis un garçon". Mais ce qu'il y a c'est que papa il aime pas que je m'habille en dame. Lui, il voudrait que je joue au rugby mais moi, j'ai peur du ballon et qu'on se moque de moi, et j'aime mieux aller ramasser des fleurs dans le champ derrière et aussi j'aimerais bien danser comme Billy Elliot au cours de danse en bas de chez nous, mais il n'y a que des filles qui y vont, et papa, ça lui fait trop honte c'est pour ça que je lui dis pas, enfin, pour ça et aussi parce que maman n'est pas là et elle lui manque tellement que des fois, quand je le vois pas, il pleure longtemps, et aussi il lui écrit des lettres dans un cahier, mais comme maman vit au fond de la mer je crois bien qu'elle peut pas les recevoir vu qu'il y a pas de facteur, mais peut-être qu'on pourrait essayer en les mettant dans une bouteille comme font les pirates pour qu'elles arrivent au pays des sirènes, qui est là où vont les mamans quand elles disparaissent sans prévenir, ou peut-être pas. Et c'est tout. »

Guille s'est tu et il est resté là, micro collé aux lèvres et tête baissée, comme s'il réfléchissait, pendant que dans le public on n'entendait pas un soupir. Dans le noir près de moi, Manuel Antúnez fixait son fils sans ciller ; de petites larmes presque imperceptibles glissaient sur ses joues, sans qu'il songe à s'en cacher. Quand j'ai serré son bras, il s'est un peu tassé, seulement. Puis Guille s'est remis à parler :

« Et aussi je voulais chanter la chanson *Supercalifragilisticexpialidocious*, avec les balais et les ramoneurs, parce que quand j'ai rencontré Mary Poppins elle m'a dit que c'était le mot magique qu'il faut dire quand tout va un peu mal et qu'on a besoin d'aide. Mais ce qu'il y a, c'est que Nazia a besoin de beaucoup d'aide pour pas qu'on la mette dans un harem, et papa aussi, parce qu'il garde maman dans une boîte au-dessus de l'armoire pour pas qu'elle parte, même si maman, elle est déjà partie, et peut-être qu'avec le mot magique elle m'entendra et elle viendra dire au revoir à papa comme quand on était à la gare, mais sans qu'ils soient fâchés, et comme ça il pleurera plus, il tombera pas malade et il mourra pas. C'est pour ça que je voulais chanter mon numéro. Sauf que quand je suis parti de la maison je me suis trompé de sac et j'ai pris le sac de sport de papa et après j'avais trop envie de faire pipi et j'ai pas réussi à me retenir et alors j'ai mis ses vêtements, qui sont beaucoup trop grands pour moi et qui sont mouillés aussi à cause de la pluie. Et peut-être que c'est pour ça que je peux pas chanter et pourtant je voudrais beaucoup même si ça me fait un peu honte, aussi, mais bon… et cette fois je crois que c'est vraiment tout. Voilà, quoi. »

De nouveau, un silence sépulcral est tombé. Cette fois, Manuel Antúnez n'a plus attendu. Il a avancé dans la travée centrale, en direction de la scène, entrant dans le faisceau du gros spot qui a éclairé violemment son visage luisant, son sac blanc, tandis que les têtes se retournaient sur son passage et que Guille, yeux mi-clos, essayait d'identifier cette silhouette qui venait vers lui.

Enfin, arrivé au pied de la scène, Manuel a monté l'escalier qui y conduisait. Il s'est approché de son fils et est resté planté à côté de lui.

Ils se sont regardés. Père et fils se sont regardés et Guille a esquissé un pauvre petit sourire, comme pour s'excuser.

« Euh… ben en fait… » a-t-il commencé.

Manuel Antúnez s'est essuyé le visage et le nez du dos de la main. Puis il s'est agenouillé près de Guille, il a ouvert son sac et lui a dit :

« Viens là, fils, que je t'aide. »

Comme Guille le regardait sans comprendre, Manuel lui a fait doucement lever les bras et lui a ôté le sweat-shirt trempé. Puis, un pied après l'autre, il l'a aidé à se débarrasser des tongs et du pantalon de survêtement, et, après avoir sorti du sac une serviette, il lui a frictionné les jambes, la poitrine et les cheveux, sans que Guille ne prononce un mot, père et fils se regardant au milieu d'un silence absolu, comme si la scène, le public et le théâtre n'existaient pas, comme si le monde se résumait à eux deux.

Pas une toux. Pas un chuchotement. Rien.

Quand Manuel a eu fini de le sécher, il a sorti un slip sec du sac, qu'il lui a passé, puis une jupe à fleurs, qu'il lui a passée aussi. Ont suivi une blouse blanche et une veste longue, des bottines à talon, qu'il lui a soigneusement attachées, un chapeau de paille avec sa fleur en plastique et un parapluie pliant vert pistache.

Enfin, de la poche extérieure du sac, il a tiré une petite trousse transparente, qu'il a posée par terre. Il l'a ouverte et, dos au public, il s'est mis à maquiller Guille : d'abord les yeux, puis les pommettes, les lèvres et enfin les sourcils, le tout avec une telle minutie, une telle délicatesse qu'il n'y avait pas un seul regard de la salle qui ne soit braqué sur eux. Nul ne bougeait. Il n'y avait plus que le bruit maintenant plus faible de la pluie, dehors, accompagné de quelque ultime grondement du tonnerre, au loin.

Près de moi, j'ai vu Adela, l'institutrice des 5e année, qui baissait les yeux et se mouchait discrètement ; plus loin, du côté des fenêtres, un père se détournait en se raclant la gorge.

Sur la scène, alors que Manuel Antúnez était maintenant occupé à le recoiffer pour lui mettre le chapeau, Guille a levé la main et l'a posée sur l'épaule de son père. Manuel s'est figé, le peigne en l'air. L'atmosphère était presque électrique.

« Papa, a fait l'enfant, d'une voix plus affirmée, si maman ne revient pas peut-être que toi, maintenant, tu ne vas pas mourir ? »

Son sourire était si fragile que, toujours postée dans le noir au fond de la salle, j'ai été obligée de déglutir une fois encore.

Manuel s'est forcé à sourire. Ses lèvres tremblaient.

« Bien sûr que non, fils. Moi, je ne vais jamais mourir. »

Guille a incliné la tête.

« Comme Mary Poppins ? »

Manuel a pris le temps d'avaler sa salive. Il a fermé les yeux en serrant fort les paupières.

« Voilà, a-t-il fait à voix basse. Comme Mary Poppins. »

Guille a eu un vrai sourire, cette fois.

« D'accord.

— Je te mets ton chapeau ? » lui a proposé alors Manuel.

Guille a plissé le front.

« Il te va, à toi ? »

Manuel a de nouveau fermé les yeux, puis il a posé le chapeau sur sa propre tête. Un chapeau bien trop petit pour lui, mais qu'il a gardé quand même, ce qui a fait rire Guille.

« Tu veux chanter, mon grand ? » lui a demandé Manuel, en lui ébouriffant les cheveux.

Guille a ri de nouveau, puis il a glissé sa main dans celle de son père.

« Non. Je préfère une pizza au restaurant de M. Emilio et un Coca normal. C'est possible ? »

Manuel a ri aussi et il s'est redressé.

« Même une glace à la vanille, si tu veux. »

Alors, main dans la main, ils ont descendu lentement l'escalier et se sont mis à remonter la travée du même pas pour se diriger vers la sortie, Manuel coiffé de son petit chapeau de paille avec sa fleur en plastique et Guille telle une Mary Poppins miniature, étrangers aux regards posés sur eux. Manuel regardait Guille et Guille faisait coucou aux gens de sa main libre, comme un acteur salue son public, ou comme une petite Mary Poppins disant adieu à un monde connu d'elle seule.

Devant la porte, ils se sont tournés vers moi. Guille a lâché la main de Manuel et il est venu à moi. Je me suis accroupie pour être à sa hauteur et il m'a souri.

« Vous voulez venir avec nous manger une pizza, madame María ? »

J'ai secoué la tête, et je lui ai caressé la joue.

« Non, Guille, merci. J'ai encore beaucoup à faire.

— Bon. »

Nous sommes restés muets, les yeux dans les yeux. Il a penché la tête et a dit, d'une petite voix mal assurée :

« Vous allez partir, pas vrai ? » La question m'a prise tellement au dépourvu que je n'ai pas pu répondre tout de suite. « C'est parce que quand je revenais des cabinets je suis passé près de la fontaine et le coq de la girouette indiquait le nord. » J'ai senti une boule dans ma gorge et j'ai essayé de sourire, en vain. « Peut-être que vous pourriez rester un peu plus ? » a-t-il suggéré, en baissant les yeux.

La boule dans ma gorge s'est faite plus grosse et mes yeux se sont mis à piquer ; j'ai battu des paupières plusieurs fois.

Alors il s'est approché lentement et m'a entouré le cou de ses bras, m'enveloppant dans son odeur de maquillage, de sueur de petit garçon et de moiteur lasse et je l'ai serré contre moi, l'étreignant fort, très fort, quelques secondes, le temps d'entendre son cœur battre contre le mien.

Je me suis emplie de son odeur jusqu'à ce que je le sente bouger dans mes bras. Quand je l'ai lâché, comme je croyais qu'il allait s'écarter, il a collé sa bouche à mon oreille et, tout bas, presque dans un chuchotement, il m'a dit, en détachant chaque syllabe, comme s'il me révélait un secret très important que je ne devais pas oublier :

« Su-per-ca-li-fra-gi-lis-tic-ex-pia-li-do-cious. »

Puis il m'a fait un clin d'œil, il m'a embrassée sur la joue et, très lentement, il est retourné près de son père.

Manuel Antúnez a posé la main sur son épaule et a baissé les yeux sur moi.

« Merci, María. »

Toujours accroupie, la gorge sèche, je lui ai souri.

Il a caressé les cheveux de Guille.

« On y va, le crack ? »

Guille a ri, ravi, et a fait oui de la tête. Alors le père et le fils ont tourné le dos et ont franchi la porte, main dans la main, pour se diriger vers la sortie de l'établissement, leurs silhouettes noires se découpant à contre-jour dans la lumière qui entrait à flots dans le hall.

L'une, grande et massive, avec un chapeau de paille surmonté d'une fleur, l'autre, toute petite, en jupe et bottines, toutes deux avançant lentement vers la lumière comme les deux moitiés d'une seule et même femme.

REMERCIEMENTS

Merci à Claudina Jové de m'avoir aidé à retrouver Guille et de l'avoir fait sortir au grand jour ; à Pilar Argudo, si bonne amie et grande professionnelle ; à Silvia Valls, pour son enthousiasme, sa foi et son aide ; à Quique Comyn, parce que tu ne pouvais pas ne pas en être ; à Menchu, pour tant d'années ; à Iolanda Batallé, pour le pari ; à Sandra Bruna, évidemment ; à Antonio Fontana, à Nuria Azancot et à Braulio Ortiz, bien entendu ; à Ricard Ruiz-Garzón, Alvaro Colomer et May Revilla, parce que le temps se vit en étant présent et vous l'êtes depuis un bon moment ; à Elena Palacios, pour la confiance ; à mes ami(e)s de Facebook, pour votre générosité, pour l'inspiration que vous m'apportez et parce que sans vous je ne serais pas là où j'en suis ; et surtout aux libraires, bibliothécaires et bloggers/euses, vous qui m'avez rejoint dans cette aventure et qui me portez à bout de bras vers des destinations toujours plus belles.

Et à vous tous, grâce à qui l'écriture reste une part fondamentale de ce que j'aime partager avec le monde au quotidien.

Imprimé en Espagne par:
BLACK PRINT
en décembre 2020

Pocket - 92 avenue de France, 75013 Paris

S30753/01